Der Baumeister

Arnulfs fünftes Abenteuer

Eine Geschichte aus Bergisch-Bachland

Niedergeschrieben von B. Kietzmann

Personenregister

Arnulf, Freiherr von Bergisch-Bachland
Hansen – altgedienter Fährtensucher
Trömso – Unterleutnant auf der Grenzwarte
Hartmudt – Begabter junger Bodenschütze
König Wulfenghar – Herrscher über Bergisch-Bachland
Sylvia – Königin von Bergisch-Bachland
Hagenar – der Bruder des Königs
Der Vogt
Eukidemosz –weithin bekannter Baumeister, auf Geheiß des Königs eingeladen
Der Erste Sekretär – beim König in Ungnade gefallen
Jildhrell – Hexe der Bergelfen
Krieger der Bergelfen
Akuma – Der dritte Prinz des Paschas von Siltriens, dem endlosen Reich auf der anderen Seite des Gelben Meeres
Die Sardaner – Reiterkrieger im Dienste Akumas
Einige Krieger der Gnolls/Hundlinge

Einleitung

Es war ein heißer Morgen.
Der gerade abgezogene Regen dampfte auf den noch immer aufgeheizten Wiesen.
Die aus dem Flachland der Niedermark herangezogene Hitze hatte Bergisch-Bachland stark erwärmt. Der nicht enden wollende Strom heißer Luft verdrängte die angenehme Kühle aus den Bergen. Nur in wenigen abgeschiedenen Tälern, die ganztags im Schatten der Felsen lagen, konnte man es im Augenblick aushalten.
Arnulf war nicht in Eile. Bei den Temperaturen hetzte man sich nicht, sofern man bei Verstand war.
Der Erste Sekretär hatte ihn wieder einmal zum Sonnenfeld rufen lassen. Der Fährtensucher hatte einen ganzen Tag verstreichen lassen, ehe er sein Pferd sattelte und sich auf den Weg zur Festung machte. Seine neue gesellschaftliche Stellung erlaubte ihm dies, so glaubte er jedenfalls.
Er hatte eigentlich vorgehabt mit seiner Frau zum Kaltsee zu wandern. Sie wollte unbedingt die abgebrannte Hütte von Karls einmal sehen. Sie kannte zwar aus Erzählungen die Schauplätze auf denen ihr Mann immer knapp dem Tode entronnen war, doch noch nie war sie selbst vor Ort gewesen.
Aber die Hitze der vergangenen Tage ließ dieses Vorhaben im Augenblick nicht so wichtig erscheinen. So saßen sie beide stattdessen im Schatten eines Ahornbaumes und starrten auf das träge fließende Wasser der Seiber.
Die Beiden hingen Jeder seinen Gedanken nach. Schweiß lief ihnen den Rücken hinab.
Arnulf hatte keine Vorstellung, was der Grund war, ihn zum Sonnenfeld zu rufen. Was konnte es geben, das die Soldaten des Königs nicht allein bewältigen konnten?

Die drückende Hitze ließ Reiter und Pferd ganz unmerklich immer langsamer werden. Es war kein Vergnügen zu dieser Zeit unterwegs zu sein.
Er war zwar schon vor dem Morgengrauen, kurz nach dem Regen aufgebrochen, doch die schwülheiße Luft hatte ihn schnell wieder eingeholt. In der Nacht hatte es auf der anderen Bergseite heftig Gewitter gegeben, die ihn ständig wieder aus dem zähen Schlaf gerissen hatten.
Er wurde noch langsamer, als er schließlich die Festung des Königs im gleißenden Sonnenlicht vor sich hatte. Gemächlich durchquerte er das Haupttor und winkte den trägen Wachen zu.
Arnulf zündete sich unter dem Fenster des Sekretärs demonstrativ eine Pfeife an. Er war sich sicher, dass er aus dessen Büro heraus beobachtet wurde. Er betrachtete versunken die Stallungen der Festung, die er aus dem Büro des Sekretärs schon dutzende Male beobachtet hatte. Mit einem Tuch wischte er sich den Schweiß von der Stirn.
Ein Diener trat zu ihm und bat den Freiherren in das Büro des Ersten Sekretärs einzutreten.
Arnulf warf einen Blick zu den kleinen, träge ziehenden Wolken am Himmel und nickte schließlich. Kein Lüftchen wehte. Er musste das Gespräch hinter sich bringen.
Er sah den Sekretär beim Eintreten gleichgültig entgegen.
Dieser durchlebte seinerseits ein Wechselbad der Gefühle. Denn er konnte sich dem Freiherren gegenüber nicht die vergangenen, spitzen Boshaftigkeiten erlauben. Das ließ dessen neue Stellung nicht zu.
"Unser König würde dir gerne eine besondere Aufgabe übertragen, denn er weiß um deine Erfahrung und Besonnenheit auch in schwierigen Situationen", begann der schmale Mann widerwillig.
Arnulf konnte sich gerade noch ein Husten verkneifen. Das ziemte

sich nicht für einen Freiherren. Er fand, dass der Sekretär heute ziemlich schlecht aussah. Der gute Mann würde doch nicht krank werden? Bei diesen Temperaturen wäre es kein Vergnügen das Bett hüten zu müssen!
Er spielte demonstrativ mit seinem Siegelring.
"Er möchte damit ein Zeichen setzen. Ein Zeichen der Königin Sylvia gegenüber und auch um seinen Untertanen zu zeigen, das hier in Bergisch-Bachland ein neues Zeitalter heranbricht!"
Der Sekretär hatte Triumpf in den Augen. Arnulf fragte sich kurz, ob der schmale Mann das ernst meinte, was er da gerade sagte. Hier wurden ständig neue Zeitalter ins Leben gerufen, ohne dass man sie jemals zu sehen bekam.
"Sicherlich ist es dir schon zu Ohren gekommen, dass die Königin ein neues, schöneres Schloss bekommen soll. Schon sehr bald werden die Bauarbeiten beginnen."
Eine Pause folgte.
Der schmale Mann hinter dem Schreibtisch sah Arnulf mit einer gewissen Spannung an.
"Unser König hat dafür einen sehr bekannten Baumeister beauftragt. Dieser Mann ist ein Genie unserer Zeit, der seine Spuren schon in vielen großen Städten auf dieser und der anderen Seite der Welt hinterlassen hat."
Arnulf macht eine Handbewegung um den Sekretär zu veranlassen endlich auf den Punkt zu kommen. Der seufzte kaum hörbar.
"Der Meister Eukidemosz ist leider auf dem Weg hierher verschwunden!"
Der Sekretär betrachtete den Fährtensucher, um die Wirkung seiner Worte zu ergründen.
Der blieb gleichmütig sitzen und lehnte sich bequemer an den Stuhl. Es war doch nicht ernst gemeint, dass er jetzt diesen Baumeister suchen sollte? Das konnte doch ein Trupp der hiesigen Späher erledigen!

"Der König ist darüber sehr unglücklich, verstehst du? Du musst ihn finden, so schnell als möglich!" "Der gute Mann wird doch nicht als einsamer Wanderer durch unsere Wälder gezogen sein! Er muss doch einen ganzen Tross bei sich gehabt haben. Und der ist einfach so verschwunden? Das glaube ich nicht!" Arnulf verstand nicht was der Erste Sekretär ihm da erzählte. So ein Mann verschwand doch nicht einfach, auch nicht hier in den Bergen! Er hatte doch wenigstens zwei oder drei Gehilfen, eine Köchin und was man sonst noch benötigt als bekannter Baumeister!
Der Sekretär schien am Ersticken zu sein, obwohl es hier hinter den dicken Mauern doch angenehm kühl war. Er wischte sich mit einem feinen Tuch den Schweiß von der Stirn.
"Du Narr! Finde ihn, sonst rollen hier Köpfe von Leuten die du schon viele Jahre kennst!"
Arnulf war etwas überrascht von diesem Ausbruch. Es klang schon fast verzweifelt.
"Es ist Wulfenghar also ernst", fragte Arnulf rein rhetorisch. Der Sekretär hatte im Moment einen schweren Stand bei seinem Herrscher.
"Aber der Titel Narr steht wohl dir mehr zu", wies er den Mann hinter dem Tisch zurecht.
"Es steht alles auf dem Spiel", rief der Sekretär mit schriller Stimme verzweifelt. Er hatte sich ein Stück von seinem Stuhl erhoben und über den Tisch gebeugt. Seine Augen flehten Arnulf an. Das befremdete den Freiherren etwas, das war er von diesem Mann nicht gewöhnt!
"Wenn das so wichtig ist, wie konnte er dann hier in Bergisch-Bachland verloren gehen? Hast du ihm keine Eskorte entgegen geschickt?"
Der Sekretär schien plötzlich dunkle Ringe um die Augen zu haben. Arnulf hatte wohl ins Schwarze getroffen. Die Verfehlung des

Sekretärs war ihm unverständlich und konnte dem Mann den Kopf kosten. Der Fährtensucher konnte dessen Angst schon fast riechen.
"Finde ihn, finde ihn für deinen König!"
"Ich soll deine Nachlässigkeit vergessen machen? Das nenne ich schon dreist!"
Arnulf konnte sich an das Spiel gewöhnen, stellte er überrascht fest. Aber er konnte den Sekretär nicht leiden sehen. Denn wenn der Sekretär es nicht zuwege brachte, ihn zu überzeugen die Suche aufzunehmen, würde der König seinem frisch ernannten Freiherren persönlich den Auftrag erteilen.
"Also gut, sagen wir ich opfere einige Tage, wo muss ich suchen, wenigstens ungefähr?"
Er schenkte sich eine Tasse Tee ein. Der Sekretär starrte ihn ungläubig mit starrem Blick an.
Doch gleich darauf bewegten sich seine Augen wieder rastlos im Zimmer umher.
Sein Gast nahm indessen einen Schluck zu sich und stellte die Tasse ab.
Es war ein langweiliges Gebräu, wie immer. Der dünne Mann hinter dem Schreibtisch nahm das als Signal, das Arnulf Freiherr von Bergisch-Bachland, diesen schwierigen Fall an sich nahm.
"Wir haben ihn schon an der letzten Poststelle vor der Grenze zu Ylsten verloren. Er hat die Kutsche verlassen und war verschwunden. Die Eskorte hatte stundenlang das Gebiet um den Grenzweg abgesucht."
Arnulf runzelte die Stirn.
"Keine Spuren? Aber seine Kutsche war noch da?"
So etwas gab es für den Fährtensucher nicht. Alles und jedes hinterlässt Spuren. Man muss nur nach ihnen suchen! Da musste wohl noch mehr geschehen sein! Vielleicht eine Entführung. Ging es hier einfach nur um Lösegeld?
"Wer hat denn schon Untersuchungen vorgenommen?"

Der Sekretär wand sich hinter seinem Schreibtisch. Seine Finger wischten etwas ungelenk über den Schreibtisch.
"Wen hätte ich mit solch einem heiklen Unternehmen beauftragen sollen? Die Eskorte hat ihn einen halben Tag lang gesucht, er war einfach nicht aufzufinden! Such dir ein schnelles Pferd und finde diesen Baumeister, ehe hier ein Unglück geschieht!"
"Und der Eine oder Andere eine Schlinge um den Hals trägt", fügte der Freiherr schnell hinzu. Er las großen Kummer in den Augen des Sekretärs. Es machte ihm jedoch kein Vergnügen, sich an der Angst des Mannes zu weiden.
Arnulf wurde mehr oder weniger aus dem Zimmer des Sekretärs geschoben. Er sollte augenblicklich mit der Suche beginnen!
Kopfschüttelnd begab er sich zu den Stallungen.
Auf dem Hof der Festung prallte er auf die stehende Hitze. Sofort lief ihm der Schweiß wieder den Rücken hinab. Das hob seine Laune ganz und gar nicht.
Der Freiherr suchte sich zwei gute Pferde aus und prüfte kurz ihren Zustand. Natürlich wurde hier kein krankes Pferd geduldet, aber er vertraute nur seinen eigenen Augen.

Die Suche beginnt

Einige Stunden später erreichte er sein Dorf. Die Hitze war nach wie vor unerträglich, obwohl der Tag sich schon dem Ende entgegen neigte. Die Schatten der Bäume wurden schon länger. Im erfrischenden Wasser der Seiber badeten einige Kinder der Nachbarn.
Seine Frau, nun Freifrau Antje, erwartete ihn auf der Bank vor der Hütte sitzend. Sie schälte Kartoffeln und sah ihn abwartend an. Enttäuschung stand schon in ihrem Gesicht, bevor er ihr von seinem Eilauftrag berichten konnte. Sie hatte schon an seinem eiligen Absteigen erraten, dass er gleich wieder fort musste.

Er holte seine Waffen aus dem Haus und lud sich etwas Proviant auf sein Pferd. Eigentlich rechnete er nicht mit einer langwierigen Suche. Wohin konnte ein Baumeister hier in den Bergen schon verschwinden? So ein Mann war sicher nicht dafür gemacht, in der Wildnis unterzutauchen. Er war Annehmlichkeiten gewöhnt und würde auch einige Diener um sich herum haben wollen.
Er versprach Antje in spätestens zwei Tagen zurück zu sein. Er wusste, dass sie sich hier im Dorf allein fühlte, seitdem ihr Sohn in Ylstenbyrg studierte. Aber was konnte er dagegen tun? Er beschloss erst am nächsten Tag mit der Suche zu beginnen.

Arnulf trieb seine Pferde am nächsten Morgen in mäßigem Tempo die neue Poststraße entlang.
Die Luft war noch ganz angenehm. Das würde sich in wenigen Stunden ändern.
Er traf anfangs nicht einen Reisenden oder gar eine Kutsche. Das irritierte ihn, er wurde langsamer und sah sich wachsam um. Er hatte den Eindruck auf dem Präsentierteller zu stehen.
Ein Gefühl sagte ihm, dass es ratsam war, den Postweg zu verlassen. Er würde dann zwar wesentlich langsamer vorankommen, aber nicht sofort von jedem bemerkt werden.
Gemächlich stieg er ab und führte seine Pferde am Zügel zwischen die Bäume. Falls er beobachtet wurde, sollte das ganz normal aussehen. Der Fährtensucher fühlte sich im Grün des Waldes sofort geborgen.
Zunächst sucht er nach Spuren, fand aber nichts Ungewöhnliches. Als es hinter ihm raschelte fuhr er blitzschnell herum, doch er wurde nur von einem neugierigen Dachs beäugt.

Es war schon nach der Mittagszeit und er war kaum vorangekommen. Die Hitze hing auch hier zwischen den Bäumen

wie klebrige Spinnengewebe. Es war nicht angenehm im Unterholz umherzuschleichen. Die allgegenwärtigen Mücken plagten ihn dazu ohne Unterlass.
Gerade als er sich einen ängstlichen Narr schalt und zum Postweg zurückkehren wollte, ließ ihn eine herannahende Unterhaltung inne halten.
Zwei Reiter unterhielten sich in einer fremden Sprache und beobachteten die Umgebung eingehend. Arnulf betrachtete sie aus seinem Versteck.
Sie hatten nur schmale Lederwesten über den Schultern, die Mücken schienen ihnen nichts anhaben zu können.
Die Haare auf ihren Köpfen waren an den Seiten abrasiert der Rest war geflochten und nach hinten gelegt. Er kam zu dem Schluss, dass sie von weither gekommen sein müssten. Ihm war niemand aus der Umgebung von Bergisch-Bachland bekannt, der sich so spärlich gegen das Wetter kleidete.
Auch ihre Waffen sahen ungewohnt aus.
Die Gesichter der Reiter waren tief gebräunt, ihre ganze Ausrüstung war dem Wetter hier in den Bergen aber nicht angemessen. Sie würden heute Nacht frieren oder hatten hier irgendwo ein Dach über dem Kopf.
Der Fährtensucher überlegte kurz, es gab hier nur vereinzelte Gehöfte. Das musste untersucht werden, Baumeister hin oder her.
Er hatte nur wenige Schritte in den Wald gemacht, als er feinen Brandgeruch in der Nase hatte. Das musste hier irgendwo in der Nähe sein!
Für einen Waldbrand war die Hitze zu kurz. Daran glaubte er nicht.
Nach allen Regeln der Vorsicht pirschte er sich an das nächste Gehöft heran.
Nur im Stall bewegten sich unruhig die Tiere, die ihn witterten.
Das Haus machte einen verlassenen Eindruck. Langsam drückte er mit einem Knüppel die Tür auf. Er hörte etwas an sich vorbei

zischen. Zwei Armbrustpfeile steckten in der Wand der Stallung gegenüber. Arnulf hatte augenblicklich sein Schwert in der Hand. Er drückte vorsichtig ein Fenster auf und rollte in den Raum hinein. Er lauschte kurz und sah sich um. Eine Armbrust war mit Stricken an einem Stuhl befestigt und der Abzug mit dem Türknauf verbunden. Der Stuhl war durch die Wucht des Abschusses etwas verrückt und so zielte die Waffe jetzt gegen die Wand.

Er fand einige Blutspuren auf dem Boden.

Arnulf band die Armbrust von dem Stuhl los und betrachtete sie eingehend. Sie trug für ihn unbekannte Verzierungen. Solcher Art Schmuck hatte er in der Hütte seines Vaters vor langer Zeit einmal gesehen. Es war eine Kriegsbeute gewesen.

Sein Vater hatte vor vielen Jahren gegen die sagenhaften Sardaner gekämpft, von denen angeblich ein Dutzend Männer ausreichten um eine ganze Armee aufzuhalten. Der Vater hatte seinen Sohn vor diesen Kriegern gewarnt, die für Geld jeden angriffen und unerhört hinterlistig und grausam dabei vorgingen. Es waren Söldner von weit hinter der Niedermark, die nicht in festen Häusern wohnen wollten. Diese Reiter boten sich jedem als Söldner an, der einige Taler Gold in der Tasche hatte.

Richtige Arbeit war ihnen verpönt. Das verletzte ihren Stolz.

Was Arnulfs Vater aber am meisten an diesen Krieger abstieß war das Töten der Pferde wenn ihr Reiter im Kampf gefallen war. Diese Männer begruben die Toten zusammen mit den Pferden.

Das war für seinen alten Herren eine absolute Verschwendung von Leben, wie er immer wieder betonte.

Arnulf befand, dass dies kein guter Auftakt war. Die Suche würde wohl etwas mehr Zeit als veranschlagt benötigen.

Wenn der Baumeister sich tatsächlich in der Hand dieser Sardaner befand, würde es mehr als einen Fährtensucher brauchen, ihn zu holen. Aber zuerst musste er Gewissheit haben.

Er nahm seine Pferde und führte sie in den Wald. Er konnte nur hoffen, dass sie nicht noch mehr Fallen hinterlassen hatten.
Im Wald fand er später eine an einen Baum gefesselte Leiche, die von Waldameisen wimmelte. Die arme Kreatur war einmal eine junge Frau gewesen. Arnulf dachte kurz an seine Frau. Er musste schnellstens herausfinden, was hier vorging. Solche Bestien sollten nicht in Bergisch-Bachland ungestraft ihr Unwesen treiben dürfen. Wie konnte der Sekretär es unterlassen eine Eskorte zu schicken, die den Baumeister begleiten sollte? Der Fährtensucher knurrte unzufrieden. Er hätte den Grund erfragen müssen! Aber vielleicht wurde er auch absichtlich im Dunklen gelassen. Die Königin war nicht gut auf ihn, den frischgebackenen Freiherren, zu sprechen. Das durfte er nicht außer Acht lassen. War es gar am Ende nur eine simple Falle, um ihn aus dem Weg zu schaffen?
Das konnte er nicht glauben, dazu war er doch zu unwichtig für die Hohen Herren vom Sonnenfeld.
Bis zum Anbruch der Dunkelheit war noch Zeit, die musste er nutzen.
Mit unruhigen Gemüt setzte er seinen Weg fort. Er untersuchte noch einige Gehöfte.
Das erste lag völlig verlassen auf einer Lichtung. Er fand dort niemanden vor. Auch der Stall war leer.
Auf dem nächsten Hof traf er auf eine Frau und mit zwei kleinen Kindern. Sie sah ihn anfangs misstrauisch an. Erst als sie das Wappen der königlichen Fährtensucher erkannte entspannte sie sich etwas. Sie berichtete Arnulf von fremden Reitern, die hier in der Umgebung gesichtet wurden. Selbst hatte sie aber keinen dieser Männer gesehen. Sie sah Arnulf fragend an, in der Hoffnung, dass er ihr etwas berichten konnte über diese Fremden.
Sie berichtete weiter, dass ihr Mann zu einem Nachbarn unterwegs war, um nach ihm zu sehen. Sie hatten schon einige Tage nichts mehr von ihm gehört.

Sie war in Sorge, denn ihr Mann wollte schon längst wieder zurück sein.
Arnulf ließ sich den Weg beschreiben und lief sofort im Laufschritt los. Seine Pferde übergab er der Obhut der Frau. Sie sah es als Pfand, das er bald wieder zurückkehren würde.
Das Nachbargehöft war nur eine Viertelstunde Fußweg entfernt. Der Freiherr war in Eile, denn er befürchtete das Schlimmste.

Feuer

Seine Ahnung bestätigte sich sehr bald; er roch Feuer. Rauchschwaden zogen durch den Wald und hingen in den Zweigen. Trotz aller Dringlichkeit musste er sich jetzt vorsehen. Die Brandstifter mussten noch in der Nähe sein. Hinzu kam, dass bei der Hitze das Feuer schnell auf den Wald überspringen konnte.
Er ahnte den Pfeil mehr als er ihn hörte. Er schlug ihn mit seinem Schwert aus der Bahn. Rufe drangen zu ihm. Zwei Reiter bahnten sich den Weg durch die Rauchschwaden. Bei den Sichtverhältnissen würden sie ihn nicht so schnell entdecken können, wenn Arnulf es nicht wollte. Er hatte keine Zweifel mehr als er sie sah, es mussten Sardaner sein! Sie hatten ebenfalls kahl rasierte Schädel, jedoch längere geflochtene Zöpfe am Hinterkopf. Ihre Gesichter waren von schlichten Tätowierungen überzogen. So sahen sie wie Wahnsinnige aus. Das war sicherlich auch das Ziel der Verunstaltungen.
Die beiden Reiter hackten mit ihren Schwertern auf die Büsche neben sich ein. Sie hofften wohl auf diese Art ihr neues Opfer zu verletzen.
Arnulf hatte seinen Bogen in der Hand. Sie waren auf jeden Fall aus Fleisch und Blut. Sein Pfeil durchbohrte den Krieger völlig und riss ihn aus dem Sattel, so dass er mit einem Aufschrei schwer ins Unterholz stürzte.

Arnulf war nun entdeckt. Mit einem wütenden Schrei trieb der zweite Reiter sein Pferd in Arnulfs Richtung. Seine weiten Hosenbeine flatterten heftig, als er eine kleine Lichtung überquerte.
In den Stamm des Baumes neben ihm schlug ein kleiner Gegenstand ein. Der Fährtensucher hatte nur einen kurzen Blick für die Waffe, es war eine Art Stern, wie ihn Assassinen verwendeten. Dann war der Sardaner schon heran und sprang vom Pferd auf Arnulf zu.
Der wich geschmeidig aus und schlug ihm gleichzeitig seinen Schwertknauf gegen den rasierten Schädel.
Der Sardaner sprang zwar noch auf, sackte aber sogleich besinnungslos zusammen. Nun hatte Arnulf Muße den Mann zu betrachten. Es war ein junger kräftiger Bursche, was Arnulf anfangs für Tätowierungen hielt, erwies sich nur als aufgemalt.
Der Freiherr sah keinen Grund diesen Mann am Leben zu lassen.
Er fand zwei leblose Männer in der brennenden Hütte, die er trotz der Hitze ins Freie zog und abseits des Feuers in den Wald legte. Er hatte Angst, dass die Flammen auf den Wald übergriffen, doch ehe er einen Eimer und Wasser fand, erloschen die Flammen langsam. Überrascht sah er sich hier um. Das konnte nur das Werk von Anka, der Schamanin der Berge, sein! Doch er konnte sie hier nirgends entdecken.
Eilig begab er sich zurück zum Gehöft der Frau und informierte sie über die Ereignisse bei ihrem Nachbarn. Er bat sie mit Nachbarn nach den Opfern des Überfalls zu sehen. Vielleicht war ihnen ja noch zu helfen. Sie sollten dann auch unbedingt nachsehen, ob der Brand wirklich erloschen war.
Es war jetzt für ihn wichtig, den Sardanern auf der Spur zu bleiben. Er konnte sich sogar vorstellen, dass sie ihn zu dem verschollenen Baumeister führen würden.

Doch warum verübten sie hier diese Gräuel? Das machte in seinen Augen keinen Sinn. Sollten sie König Wulfenghar herausfordern, ihn aus seiner Festung zu locken? In diesem Falle musste auch Hagenar dahinter stecken! Aber natürlich gab es noch einige andere Möglichkeiten, die man in Betracht ziehen musste.
Arnulf hatte die Spuren schnell gefunden. Die Sardaner schienen völlig unbekümmert durch die Berge zu streifen. Angst kannten sie wohl nicht.
Er würde sie auf jeden Fall am Abend erreichen. Sie mussten irgendwo hier in der Nähe ihr Nachtlager haben.

Fast wäre es um ihn geschehen. Die Falle hatte er wirklich erst im letzten Augenblick erkannt. Jäh blieb Arnulf stehen. Sein Instinkt hatte ihn gewarnt.
Er sah ein Netz in den Bäumen hängen, das mit etwas alten Laub bedeckt war. Wäre er nur einen Meter weiter gelaufen, wäre das Netz auf ihn gefallen. Er schlich nun sehr viel vorsichtiger vorwärts. Jemand würde mit Sicherheit die Fangnetze im Auge haben.
Mit einem langen Stock löste er die Falle aus. Das Netz fiel zu Boden.
Der Fährtensucher setzte sich mit den Rücken an einen Baum und wartete geduldig ab. Die Hitze hier zwischen den Bäumen war unerträglich. Seine Sachen klebten am Rücken.
Es verging eine gute halbe Stunde, dann hörte er das Knicken und Rascheln von Ästen.
Zwei Männer näherten sich im schnellen Schritt. Auch sie glänzten vor Schweiß.
Sie warfen sich gedämpft Worte zu, die dem Fährtensucher unverständlich waren.

Arnulf hatte seinen Bogen schon in der Hand. Als der Erste sich bückte, um den vermeintlichen Fang zu untersuchen, stürzte der hinter ihm Stehende getroffen zu Boden.
Sein Kamerad schnellte mit dem Messer in der Hand in die Höhe und sah sich nach dem Angreifer um. Er rief dabei etwas in seiner Sprache und lachte höhnisch. Das war sein Fehler. Auch der zweite Pfeil verfehlte sein Ziel nicht.
Arnulf hatte sich für einige Minuten einen freien Weg verschafft. Wenn die beiden Toten vermisst wurden, würden mehr dieser fremden Krieger kommen.
Er musste das Lager dieser Fremden schnellstens finden.
Geduckt schlich er durch die Sträucher, immer mit einem Blick nach oben. Sie hatten ein Stück weiter eine Fallgrube ausgehoben. Diese war jedoch nur oberflächlich getarnt, so dass er sie rechtzeitig bemerkte.
War es ein festes Lager, das sie sich so viel Mühe machten es zu sichern?
Wozu brauchten sie es, wenn sie den Baumeister schon in ihrer Gewalt hatten?
Der Geruch des Feuers, das sie dort unterhielten, hatte ihn schon bald darauf hingewiesen, dass er gleich am Ziel war.
Er schlich sich näher heran.
Um die Feuerstelle herum standen einige Zelte, die mit Tierhäuten bedeckt waren.
Es war ein Lager für höchstens zwei Dutzend Männer. Ungefähr die Hälfte von ihnen war anwesend, soweit das Arnulf erkennen konnte.
Es waren unfreundlich anzusehende Kerle, die einen Krug kreisen ließen und sich Geschichten erzählten über die sie ständig lachen mussten. Ihre Pferde standen ein Stück weiter, umschwirrt von einer Wolke Fliegen. Ein jüngerer Krieger bewachte sie ohne viel

Interesse. Er verfolgte vielmehr interessiert die Trinkspiele seiner Kameraden.
Die Sardaner waren ziemlich sorglos für Arnulfs Verständnis. Aber er sah keine Gefangenen bei ihnen, das war erst einmal gut.
So konnte er das Lager beruhigt hinter sich lassen. Wahrscheinlich war er nur auf die Nachhut getroffen. Diese Krieger sollten dem Haupttrupp den Rücken frei halten.
Arnulf schlich davon, um seine Pferde zu holen. Sein Rat an die Bewohner war, ihre Gehöfte für einige Tage zu verlassen. Sie sollten beim Vogt Schutz suchen.
Vielleicht würde er sogar seine Schergen losschicken. Davon war er aber nicht überzeugt.
Er wollte noch an diesem Abend ein Stück Weg zurücklegen.
Er nahm sich die Zeit und umwickelte die Hufe mit Lappen. Jetzt getraute er sich den Postweg zu nehmen.
Er hatte den Bogen in der Linken für den Fall der Fälle. Doch er kam ohne Probleme vorwärts. Es kam dem Fährtensucher eigenartig vor, dass niemand diese wichtige Straße überwachte. Die Sardaner mussten sich sehr sicher fühlen. Das würde sich bald ändern, wenn es nach ihm ginge.

Kurz vor Sonnenuntergang führte er seine beiden Pferde in den Wald und band sie an einen Baum. Er musste die Umgebung sondieren, ehe er sich zur Ruhe setzen konnte. Er konnte Rauch von Lagerfeuern riechen. Mit äußerster Vorsicht arbeitete er sich in diese Richtung vor. Wieder konnte er Zelte der Sardaner zwischen den Bäumen ausmachen. Es waren jedoch deutlich mehr als in dem anderen Lager.
Ein Stück entfernt sah er auch noch Soldaten in starken Rüstungen. Das waren eindeutig andere Landsmänner. Er konnte leider keine Wappen an ihnen ausmachen. Im Augenblick war dies aber nicht

seine größte Sorge. Wenn er wetten sollte, würde er den Baumeister dort vermuten. Die Sardaner waren nur die Männer fürs Grobe und sollten die Verfolger nur ablenken. Der Eigentliche Urheber des Raubes war Jemand, der die Bühne noch nicht betreten hatte.
Dem Fährtensucher blieb nur, die Dunkelheit abzuwarten und vielleicht das Zelt des Baumeisters zu finden. Ausrichten konnte er hier allein nichts.
Es wurden bald Feuer entfacht. Auch in diesem Lager schienen die fremden Soldaten völlig unbekümmert. Sie wähnten sich hier sicher. Wahrscheinlich waren sie durch die mangelnde Gegenwehr der Meinung, dass sie keinen ebenbürtigen Feind zu fürchten hatten.
Arnulf beschloss die nächste Poststation aufzusuchen. Sie konnte höchstens eine knappe Stunde entfernt sein.
Er nahm die Lappen von den Hufen seiner müden Pferde und trieb sie unnachsichtig an. Kurz vor dem Ziel hielt er jäh an.
Er sah eine Menge fremder Soldaten vor der Station. Auch hier schienen es Sardaner zu sein. Es waren viele Feuer entzündet worden. War dies der Beginn eines Angriffs auf Bergisch Bachland? Der König musste sofort informiert werden!
Schweren Herzens trieb er seine müden Pferde an. Er wechselte sie alle Stunde, doch es war klar, dass er heute nicht mehr den Vogt erreichen würde.
Arnulf hatte dann doch etwas Glück. Eine Poststation weiter traf er auf eine Abteilung Lanzenreiter vom Sonnenfeld. Sie schienen sich den Ernst der Lage nicht bewusst zu sein.
Erst als er sich als Freiherr von Bergisch-Bachland zu erkennen gab, ließ ihn der Adjutant zu dem Befehlshaber der Abteilung vor.
Der Leutnant der Abteilung reagierte sehr ungnädig. Es missfiel ihm sichtlich, so spät noch einmal aus dem Bett geholt zu werden.
Er hörte sich Arnulfs Geschichte an und knurrte hin und wieder.

"Und Ihr sagt, hier treiben sich Sardaner herum? Ihr habt sie mit eigenen Augen gesehen?"
Das bereitete ihm offensichtlich mehr Kopfschmerzen als die Anwesenheit der anderen Truppen hier in Bergisch Bachland.
Arnulf war von der Begriffsstutzigkeit des Offiziers entsetzt.
"Sie sterben genauso wie alle anderen", erklärte Arnulf müde. Er sah Angst in den Augen des Leutnants.
"Daran zweifele ich nicht, Gnädigster!" Er sah beinahe beleidigt aus. Es behagte ihm wohl nicht, dass ausgerechnet er dieses Problem nun lösen musste. Er ließ nun seinen Fähnrich holen. Der musste sofort aufbrechen, um alle Einheiten in der Umgebung zusammenzuziehen.
Ein Melder wurde eilig zum Vogt geschickt. Er musste von irgendwoher Verstärkung heranholen.
Um die Poststation wurden sofort Wachen aufgestellt.
Arnulf setzte sich einfach in eine Ecke neben der Küchentür und schlief sofort ein.

Hansen

Der Freiherr wurde am nächsten Morgen rüde geweckt. Er hatte sofort seine Langmesser in der Hand.
"Das brauchst Ihr nicht, Herr", sagte ein Soldat und grinste ihn an. Er wies zur Tür.
"Ihr habt Besuch."
Arnulf erhob sich müde und wollte sich erst einmal etwas zu essen suchen. Die Nacht hatte nicht die erhoffte Abkühlung gebracht. Auch heute schien wieder ein heißer Tag zu werden. Schon jetzt ließ jede Bewegung Schweiß den Rücken hinab laufen.
Am Fuße der Treppe stieß er unvermittelt auf den alten Hansen. Der begrüßte ihn und sah ebenfalls nicht sehr ausgeschlafen aus.

"Du bist doch immer der mit den schlechten Nachrichten! So heißt es jedenfalls stets, wenn dein Name fällt, Herr." Hansen grinste schief. Arnulf fand, dass der Haaransatz des alten Fährtensuchers noch weiter in Richtung Hinterkopf gerutscht war seit ihrer letzten Begegnung.
Arnulf tat so als überlege er kurz. "So, sagt man das", fragte er ironisch.
"Sie haben mich hierher gejagt, um dir zur Seite zu stehen", erklärte Hansen. "Anscheinend wissen sie, dass du auf meine Hilfe angewiesen bist." Er feixte.
"Also steht die Sache schlecht", erwiderte Arnulf resignierend. "Wir wurden mal wieder überrascht."
Hansen zuckte mit der Schulter. "Die Schnarchnasen um den König herum haben bis heute Nacht nichts geahnt."

Der Himmel war bedeckt, als sie nach draußen gingen. Das passte zu Arnulfs Stimmung. Doch kühler wurde es trotzdem nicht. Im Gegenteil, es begann drückend zu werden, vielleicht gab es ja bald ein Gewitter.
Eine kleine Abteilung Berittener war zu Hilfe geeilt. Doch sie waren immer noch viel zu wenige um ernsthaft etwas unternehmen zu können.
Der Leutnant der Lanzenreiter hatte den Befehl erhalten zu den Eindringlingen aufzuschließen. Sie sollten sich zwar nicht in Kämpfe verwickeln lassen, doch sie sollten dem Feind zeigen, dass sie da waren.
Die beiden Fährtensucher wurden vorausgeschickt, um zu ergründen wo die Sardaner im Augenblick standen. Die wollte der Leutnant auf keinen Fall im Rücken haben. Er war doch nicht so dumm, wie es anfangs ausgesehen hatte.

Die beiden Fährtensucher brauchten gar nicht lange nach den Reitern zu suchen, die galoppierten ihnen geradewegs auf der Straße mit großem Geschrei entgegen.
"Das müssen Verrückte sein", stellte Hansen konsterniert fest, als er sie unbekümmert auf sich zukommen sah.
Die Sardaner galoppierten nun mit noch mehr Gebrüll auf die beiden Reiter zu.
Hansen hatte sofort den Bogen in der Hand und der erste Reiter stürzte getroffen vom Pferd. Sie büßten noch zwei weitere Reiter ein, bevor sie überhaupt in die Nähe der Fährtensucher kamen.
Die beiden waren von ihren Pferden gesprungen und hatten Schutz hinter den Bäumen gesucht.
Einige Wurfsterne blieben mit einem "Tack" in den Baumstämmen stecken. Speere klapperten im Unterholz. Die Sardaner hatten sie wahllos in den Wald geworfen, ohne etwas damit zu erreichen.
Arnulf suchte sich zwei in der Nähe liegende Speere und wartete ab.
Der alte Hansen umging die Reiter. Er wollte sie im Rücken packen.
Diese angemalten Kerle machten ihm keine Angst.
Eine Handvoll Sardaner waren abgestiegen und durchsuchten das Unterholz. Sie wollten die Fährtensucher herausscheuchen. Dabei gingen sie sehr ungeschickt vor. Offensichtlich waren sie unerfahren im dichten Wald.
Arnulf wusste jederzeit wo sie waren und in welche Richtung sie sich bewegten. So konnte er sie umgehen und im Rücken angreifen.
Zwei der Krieger gingen zu Boden, ohne das die Sardaner das zum Anlass nahmen vorsichtiger vorzugehen.
Inzwischen hatte auch Hansen seine Position erreicht und griff die Gegner an.
Der Leutnant traf mit seinem Trupp später ein und hatte nur noch wenig zu tun.

"Das sind dumme Männer", sagte er nach Ende des Kampfes zu Arnulf. Er sah nun etwas zuversichtlicher aus.
"Wir sollten sie trotzdem nicht unterschätzen", sagte Arnulf. "Das waren alles junge Männer, fast noch Kinder. Sie sollten hier wohl erst einmal Erfahrung sammeln. Irgendwo wird die Hauptmacht stehen."
Der Leutnant winkte ab. "Wir werden sie aus dem Wald jagen wie Hasen. Ich werde dann eine Hundertschaft bekommen!" Der Offizier sonnte sich in diesem Gedanken.
Arnulf wollte sich diesen Tagträumereien nicht länger aussetzen und machte sich auf den Weg zurück in den Wald. Der Mythos der todesmutigen Sardaner war nicht nur eine Erfindung, aber hier in den Bergen konnten sie mit ihrem Vorgehen eigentlich kaum etwas erreichen.

Arnulf wollte sehen, was im Hauptlager inzwischen geschah. Hansen war wieder zu ihm gestoßen. Schweigend bahnten sie sich den Weg durch das Unterholz. Sie stießen schon nach kurzer Zeit auf Wächter, die sie vorsichtig umgehen mussten. Bald rochen sie Feuer im Wald.
Es sah aus, als würde das Lager abgebaut.
"Sie wollen abziehen", flüsterte Hansen. Ihr Blick fiel auf eine Kutsche, die schnell beladen wurde. Dann wurden einige Männer grob in das Gefährt hineingestoßen. Die Soldaten um die Kutsche sahen aber völlig anders aus als die Sardaner.
Arnulf hoffte, dass sie jetzt den Baumeister in Reichweite hatten. Er konnte sich jedenfalls vorstellen, dass dies der Baumeister und seine Bediensteten waren. Vielleicht war das Glück ihnen ja hold.
Die Kutsche fuhr langsam mit ihrer Eskorte los.

Den Fährtensuchern blieb keine Zeit, die Lanzenreiter zu informieren. Die Kutsche wäre schon über alle Berge, bis sie zurückkämen. Sie mussten allein die Verfolgung aufnehmen.
"Was nun, Freiherr", fragte Hansen ein wenig provozierend, denn es gab keinen Zweifel, sie würden der Kutsche folgen.
"Wir werden einige Zeichen für unsere Lanzenreiter hinterlassen und hoffen, dass dieser Tropf von Leutnant sie zu lesen weiß", erwiderte Arnulf knurrig. Er würde sich wegen des Titels nicht von Hansen ärgern lassen. In erster Linie war er immer noch Fährtensucher.
Hansen legte einige Holzstücke und Steine in Mustern auf den Postweg. Die Reiterabteilung musste schon aus Blinden bestehen, wenn sie diese nicht erkannten.
Arnulf machte sich Sorgen, das die Entführer unbehelligt die Grenze nach Ylsten überqueren könnten. Das würde es problematischer machen, diesen Baumeister zurückzuholen. Auch wenn es keine genauen Grenzverläufe gab, gab es doch hin und wieder Reibereien mit den Kundschaftern, und Soldaten aus Ylsten. Seiner Vermutung nach würden sie versuchen den Grenzweg zu nehmen, um schnell ins Flachland nach Ylsten zu gelangen.
Arnulf und Hansen beschlossen, es an der Grenzwarte hinter der Grellwand zu versuchen, sie konnten mit ihren Pferden einen beschwerlicheren, aber auch schnelleren Weg über die Berge nehmen, als das Gespann.
Von dort hatte man einen guten Blick auf die Grenzlinie nach Ylsten.
Die Grellwand war aus hellem Kalkstein und war bei der richtigen Sonneneinstrahlung bis nach Ylsten und Großwiehenland hinein sichtbar.
Sie gaben ihren Pferden die Sporen und stiegen immer höher. Wenn es keine Verzögerungen gab könnten sie in drei bis vier

Stunden die Grellwand erreichen und die schmale Stiege zur Grenzwarte hinabsteigen.

Es erwies sich als unproblematisch die Grellwand zu erreichen. Sie stießen nur auf die zu erwarteten Spuren von Bergziegen und einem einzelnen Hirsch.
Als sie aus dem Wald heraustraten, liefen sie in die brütende Hitze hinein. Es war aber nur noch ein kurzes Stück bis zu ihrem Ziel.
Die Fährtensucher nahmen sich noch die Zeit und erfrischten sich am Kurzbach, der unter dem Weg hindurchfloss und sich dann in Richtung Grenzweg den Hang hinabschlängelte .
Schon bevor sie die Grellwand erreicht hatten, wussten sie, dass sich hier bewaffnete Männer aufhielten. Es waren Bogenschützen der Sardaner, die dort standen und sich unbekümmert unterhielten.
Offensichtlich riegelten sie die aus in den Fels geschlagenen Stufen, zur Warte ab. Damit hatte die Besatzung der Warte keinen Fluchtweg hoch in die Berge.
Die beiden Fährtensucher verständigten sich mit Handzeichen und schlichen sich von zwei Seiten an die Krieger heran.
Einige standen unbekümmert am Rand der Grellwand und schossen mit ihren Bögen auf die Turmbesatzung.
Es schien nur dem Zeitvertreib zu dienen, denn die bemalten Krieger jubelten lautstark wenn einer ihrer Pfeile wenigstens in die Nähe des Turms flog. Ihre Bögen waren für die Entfernung zu klein, aber es reichte, um die Verteidiger zu beschäftigen. Von der Warte hörte man Rufe und Pferdegewieher.
Die beiden Fährtensucher hatten keine Probleme, die unachtsamen Sardaner unschädlich zu machen. Zwei von ihnen stürzten den langen Weg die Grellwand hinab. Die Turmbesatzung bemerkte

dies und jubelte, denn sie hofften endlich Verstärkung zu bekommen.
Hansen und Arnulf standen auf dem Kamm der Grellwand und sahen hinunter. Sie konnten eine kleine Belagerungsstreitmacht vor der Warte am Grenzweg erkennen. Augenscheinlich sollte die Besatzung der Warte nur daran gehindert werden Nachricht von den Eindringlingen weiter zu leiten.
Das nährte die Hoffnung in Arnulf, dass der gefangene Baumeister tatsächlich unten auf dem Grenzweg entlangkommen würde.
Sie stiegen vorsichtig die Stufen hinab. Auch sie gaben dort ein gutes Ziel ab.
Am hinteren Tor der Warte angekommen, sahen sie die ersten Opfer auf dem Boden davor liegen. Die Angreifer hatten wohl versucht, den Eingang im Handstreich zu nehmen. Doch die Besatzung war auf der Hut gewesen.
Ihr Abstieg war beobachtet worden und das kleine Tor öffnete sich sogleich einen Spalt breit. Die Fährtensucher gaben sich zu erkennen und wurden eilig hineingezogen.
"Das ist alles, was der König schickt", fragte ein bärtiger Soldat ungläubig und wischte sich den Schweiß von der Stirn. Auch über der Warte lag brütende Hitze.
"Der König weiß nicht einmal, dass ihr hier belagert werdet", antwortete Hansen hämisch und lachte zynisch über das verblüffte Gesicht des Soldaten.
"Wir sind bei der Verfolgung der Sardaner nur zufällig hier vorbeigekommen", erklärte der alte Fährtensucher und grinste genüsslich. Die Soldaten sahen Ihn enttäuscht an.
"Der König weis lediglich, dass ihm ein sehr wertvoller Mensch abhandengekommen ist. Er weiß vielleicht in diesem Augenblick, dass sich Sardaner hier herumtreiben. Aber ich habe Zweifel, dass er auch weiß, dass sich fremde Truppen in Bergisch-Bachland befinden."

"Gut, ich war ein wenig unhöflich, aber wir harren hier schon vier Tage aus. Ich habe schon sechs Mann verloren!" Der Offizier winkte ihnen weiter hereinzukommen.
"Das ist Arnulf, Freiherr von Bergisch-Bachland und ich bin Hansen."
"Ein Freiherr als Fährtensucher?" Der Soldat sah sie misstrauisch an. Arnulf zeigte kurz seinen Siegelring.
“Und dein Name, Soldat?"
"Oh, Verzeihung Herr, Unterleutnant Trömso." Der Unterleutnant straffte sich ein wenig. Es war Arnulf fast peinlich. Er winkte ab.
"Wie viel Mann hast du kampfbereit?"
"Elf Veteranen, 15 Frischlinge, drei Leichtverletzte und Vier Schwerverletzte. Dazu noch Bedienstete, Köche, Stallknechte." Er sah den Freiherren voller Erwartung an.
"Ich hoffe, du hast gute Männer", sagte Arnulf. Der Unterleutnant nickte. Einige Veteranen, die hier ihre letzten Jahre bis zur Entlassung verbringen wollten!"
Dann winkte den Soldaten ein kleiner Ruhesold, um ihren Lebensabend mit Würde verbringen zu können.
Sie begaben sich auf dem Turm. Sie konnten den Grenzweg von hier ein weites Stück entlang sehen. Hier stellte er eine ungefähre Trennlinie zwischen Ylsten und Bergisch-Bachland dar. Die Hütten des Dorfes auf der gegenüberliegenden Seite des Weges, das sich Wartenheim nannte, zählten aber noch zu Bergisch-Bachland.

Arnulf zählte von der Warte aus gut vier Dutzend Sardaner, die ständig durch das Dorf ritten und mit viel Geschrei ein riesiges Spektakel veranstalteten. Sie trugen ihre beeindruckenden Fähigkeiten beim Reiten vor. Die Männer sprangen scheinbar übermütig im vollen Lauf vom Pferd, um gleich darauf wieder in den Sattel zu springen. Einige stellten sich auf den Rücken ihrer

Pferde und brachten stehend den Weg durch das halbe Dorf hinter sich.
Früher, zu Zeiten als Arnulfs Vater durch die Wälder strich, sind sie in die Ländereien eingefallen, um Schutzgeld zu erpressen oder zu plündern. Aber was gab es hier in Bergisch-Bachland jetzt schon zu holen? Die Kassen waren leer und die Königsfamilie war notorisch zerstritten.
Die Bewohner von Wartenheim hielten sich versteckt. Einige hatten sich in die Wälder geflüchtet, andere hatten Schutz in der Warte gesucht.
Es würde nicht möglich sein, diese Reiterkrieger mit der kleinen Besatzung der Grenzwarte zu vertreiben. Dazu brauchten sie Hilfe. Ehe der Baumeister an ihnen vorbeifuhr, mussten sie eine kleine Streitmacht bereit haben. Aber woher sollte die kommen? Spätestens Morgen würde die Kutsche hier unbehelligt vorbeifahren. Vielleicht hatten sie sogar die Lanzenreiter des Leutnants auf den Fersen. Aber das war kein Trost.
Arnulf betrachtete das Spektakel unten auf dem Grenzweg eine Weile, dann faste er einen Entschluss und ließ die Veteranen zu sich kommen.
"Wer kann schon lange nicht mehr träumen", fragte er in die Runde. Die Männer wussten sofort, was er meinte. Nächtliche Heimsuchungen, Alpträume, schreiend schweißgebadet erwachen. Die unsichtbaren Wunden unzähliger Schlachten, die jeder dieser Männer in sich trug. Von diesen Wunden gab es keine Erlösung im Diesseits.
Der Plan des Fährtensuchers war einfach.
Bis zum Sonnenuntergang beobachteten sie die Sardaner. Die Krieger entzündeten abends ihre Feuer. Dann zogen sie los und plünderten die umliegenden Häuser. Niemand konnte dagegen etwas tun.

Arnulfs Männer begannen sich zu bewaffnen. Hansen musste gegen seinen Willen in der Grenzwarte bleiben. Er sollte Lichtzeichen geben, um den Angriff zu lenken und vielleicht etwas die Aufmerksamkeit der Reiter auf sich ziehen.
Die Soldaten schwärzten mit Ruß ihre Gesichter und legten alles ab, was irgendwie verräterische Geräusche machen konnte. Der Unterleutnant sah sie mit Unbehagen an. Es missfiel ihm, seine Soldaten für so etwas herzugeben. Doch Arnulf waren dessen Ansichten dazu völlig egal.
Sie waren zu acht und schlichen aus einem verdeckten Ausgang in den finsteren, stickigen Wald. Die unaufmerksamen Vorposten der Sardaner bekamen keine Gelegenheit Alarm zu geben. Die Männer aus dem Bergland nutzten ihre Kenntnis des Geländes aus.
Direkt am Lager waren sie natürlich in der Unterzahl. Doch den Überraschungsmoment ausnutzend war schon ein Teil der Feinde am Boden, ehe echte Gegenwehr einsetzte. Die Pferde wieherten erregt und die wechselnden Lichtzeichen von Hansen sorgten bei den Sardaner für zusätzliche Verwirrung. Die Reiter schrien sich in ihrer Sprache an und versuchten herauszufinden, was in ihrem Lager geschah.
Nur Wenigen gelang es auf ihren Pferden in die Dunkelheit zu entkommen. Doch für die Männer auf der Grenzwarte blieb immer noch eine Übermacht, die gegen sie stand.
Arnulf sah bei dem Scharmützel zwei seiner Veteranen fallen.
Die Sardaner hatten sich ein Stück weiter in Richtung Kreuzweg wieder gesammelt. Sie begannen ihre Pferde zu formieren. Die Zeichen standen nun schlecht für die wenigen Männer um den Freiherren. Sich jetzt zurückziehen war jedoch keine Option. Sie machten lediglich einige Schritte in den dunklen Wald zurück und warteten ab. Dort hatten sie den Vorteil auf ihrer Seite. Mit ihren Bögen in der Hand erwarteten sie die Reiter, die nicht lange auf sich warten ließen.

Ein Pfeilhagel ging für alle unerwartet auf die eben losstürmenden Sardaner nieder.
Die Veteranen im Wald sahen das nur undeutlich im letzten Licht des Tages.
Jemand war ihnen zu Hilfe geeilt! Damit war das Schicksal der wilden Reiter besiegelt!
Doch es waren keine Soldaten von der Warte, die sie im Licht der Feuer kurz sahen. Es waren schlanke Bergelfen, mit grimmigen Gesichtern.

Im Heiligtum der Bergelfen

Arnulf verneigte sich vor den Kriegern. Die Elfen steckten ihre Waffen weg. Das nahm Arnulf als Zeichen, das sie ihnen wohlgesonnen waren.
Das konnte man bei den Bergelfen nie sicher wissen.
"Ich danke den Elfen der Berge für die Hilfe in letzter Sekunde", erklärte der Freiherr diplomatisch. Neben ihm knurrte ein alter Soldat, doch Arnulf hieß ihn schweigen.
"Wir sind immer froh, mit einem so edlen Krieger wie Euch in die Schlacht zu ziehen", wurde vom Anführer der Elfen in ihrem typischen Singsang erwidert.
"Können wir uns erkenntlich zeigen für euren Beistand", fragte Arnulf. Auch bei den Bergelfen gab es nichts geschenkt.
Die Elfen sahen ihn eine kleine Weile schweigend an.
"Es wäre eine Freude den Krieger mit der weißen Strähne in unserem Lager begrüßen zu dürfen", sagte der Elfe in seiner schwer verständlichen Auslegung der menschlichen Sprache. Arnulf war von diesem Wunsch überrascht.
"Erlaubt mir meine Krieger zur Warte zu begleiten und am Morgen können wir uns wieder hier treffen."

Der Anführer der Elfen richtete sich etwas auf. Er war ein Stück größer als der Fährtensucher. Er trat einen Schritt an Arnulf heran und sah ihn eindringlich an.
"Wir würden uns glücklich schätzen, wenn du uns sofort begleiten würdest!"
Arnulf beriet sich kurz mit den Männern von der Grenzwarte. Natürlich würden sie auch allein in die Warte zurückkehren. Aber sie waren in Sorge um die Sicherheit des Freiherren.
Ohne Hast luden sie sich schließlich die Gefallenen auf und zogen schweigend zur Grenzwarte, die sich über ihren Köpfen in die Nacht erhob.
Es hatte sich bisher kaum abgekühlt. Noch immer lastete die Hitze auf ihnen. Unzählige Mücken schwärmten um die Männer herum.
Die Elfen warteten geduldig auf Arnulf. Schließlich bewegte er sich in ihre Richtung und sie gingen ihm schweigend voraus.
Sie liefen eine gute Stunde durch den nächtlichen Wald.
Arnulf fühlte keine Angst, er fühlte lediglich Müdigkeit. Er hatte in der letzten Zeit kaum geschlafen und sein Körper verlangte nach Ruhe. Die Hitze trug das Ihrige dazu bei.
Dass er ständig von Insekten umschwärmt wurde machte ihn etwas gereizt. Es kühlte sich in der Nacht kaum ab, wie er feststellte.
Die Elfen führten ihn unbeeindruckt weiter in die Berge hinauf.

Der neue Tag schickte indessen sein erstes Licht in den dunklen Bergwald.
Obwohl Arnulf sich hier gut auskannte, wäre er an dem Höhleneingang einfach vorbeigelaufen. Er lag gut geschützt hinter Büschen, dahinter stieg der Berg sanft an. Arnulf versuchte sich die Formation der Felsen zwischen den Bäumen zu merken, aber er vermutete auch, dass hier ein Schutzzaubers wirkte.

Dafür waren die Bergelfen bekannt. Sie schützten so ihre Höhlen vor den Menschen. Jeder noch so neugierige Mensch würde hier achtlos vorbeilaufen, egal wie gut seine Augen waren.
Die Elfen entzündeten Fackeln und bedeuteten ihm einzutreten. Es ging leicht abwärts hinab in die Höhle.
Hier hatte ein Gemetzel stattgefunden!
Arnulf war überrascht. Einige tote Wachen der Elfen, aber auch fremde Soldaten, lagen auf dem kalten, harten Boden. Die Wächter am Eingang der Höhle hatten tapfer gekämpft, um den Eindringlingen den Weg zu versperren. Doch es war vergeblich gewesen.
Arnulf war überrascht, dass die Elfen ihn noch tiefer in diesen heiligen Ort hinabführten. Das war sehr ungewöhnlich!
Sie leuchteten ihm den Weg bis zu einer Art Kathedrale. Er konnte über sich keine Decke erkennen. Soweit reichte der Schein der Fackeln nicht in die Dunkelheit.
Die Geräusche hier waren unheimlich.
Bald konnte der Freiherr auch erkennen, was sie ihm zeigen wollten.
An das Ende dieser Kathedrale hatten sich die Priester der Elfen vergeblich zurückgezogen, um dann schließlich das gleiche Los wie die Wachen am Eingang zu erleiden.
Die Frage, die sich dem Fährtensucher stellte, wie konnte es den Angreifern gelingen so tief in die Höhle eindringen? Gab es keine weiteren Wachen hier? Wurden sie verraten? Hatten die Bergelfen keine weiteren Hilfskräfte, die schnell hier vor Ort sein konnten?
Arnulf fragte sich auch, warum die sonst so verschlossenen Elfen ihm das überhaupt zeigten. Wollten sie ihm bedeuten, dass auch sie von dem Überfall auf Bergisch-Bachland betroffen waren?
Ein Elf führte ihn stumm weiter zu einem in den Fels geschlagenen Schrein. Die Wände darum waren mit kunstvollen Ornamenten verziert. Einige alte Rüstungsteile lagen verstreut auf dem Boden.

"Die fremden Krieger haben eine sehr heilige Stätte der Bergelfen entweiht", erklärte ein Elf ihm. Er sprach langsam, damit der Fährtensucher ihn auch verstand. Es klang in seinen Ohren wie eine Anklage. Arnulf nickte verstehend. Aber was hatte das mit ihm zu tun?
Er konnte nicht glauben, dass die Sardaner hier eingedrungen waren. Die Leichen der fremden Krieger sahen völlig anders aus. Sie mussten von weit hergekommen sein. Solche Rüstungen hatte er noch nie gesehen.
Sein Blick fiel dann auf die Reste eines riesigen Skelettes, das weiter hinten in der Höhle auf einem Sims lag. Darüber flackerten einige Öllampen. Es konnten nur die Überreste eines Bergtrolls sein, vermutete Arnulf. Die gab es Bergisch-Bachland schon seit langem nicht mehr.
"Sie haben Schande über die Wächter dieser Höhle gebracht! Sie haben das Schwert von Orfahndan geraubt. Er war ein großer Krieger, ein Held der viele böse Geister des Berges erschlagen hatte!"
Der Elf zeigte auf die Skelettreste. "Orfahndan erschlug allein den Bergtroll Hrunba und befreite die Elfen von seinem Todesfluch!"
"Ich verstehe", sagte Arnulf, obwohl er noch nicht erraten konnte, worauf das hier hinauslaufen würde.
Orfahndan hatte wohl einige Bergtrolle erschlagen. Das war sicherlich eine Leistung, wenn er es allein vollbracht hatte. Doch das allein rechtfertigte bei den Elfen noch keinen Schrein.
"Durch seinen Mut wurden auch viele lange verloren geglaubte Schätze in den Trollhöhlen wiedergefunden", erläuterte ein anderer Elf, weil er Arnulfs Unverständnis sah.
"Darunter war auch der Jadereif der fünf Stämme. Ihn trug der alte Herrscher der Bergelfen, als sie vor vielen Jahren vereint wurden. Das ist viele Menschenleben her!"

"Und wenn der Reif nun verschwunden ist löst sich euer Bund auf? Nur weil dieses Stück Metall gestohlen wurde? Das glaube ich nicht."
Die Elfen sahen ihn etwas brüskiert an. Anscheinend hatte der Mensch nicht verstanden. Seine Schlussfolgerungen waren offensichtlich völlig falsch in ihren Augen.
"Ich soll euch also helfen, den Reif von den Sardanern zurückzuholen? Warum macht ihr das nicht allein? Die Kampfkunst der Elfen wird denen dieser Barbaren weit überlegen sein", sagte er mit Unverständnis. Die Elfenkrieger sahen ihn ratlos an. Der Mensch verstand sie nicht.
In Arnulfs müden Kopf blitzte plötzlich ein Gedanke auf. Er sah nun klarer.
"Ihr seid die Wachen?" Nur dieser eine Schluss blieb am Ende. Stumm nicken sie.
Der Freiherr hatte immer noch Mühe sie zu verstehen, aber er gewöhnte sich an ihre Art der menschlichen Sprache. Aber alle Zusammenhänge zu verstehen, war ihm noch nicht gelungen.
"Wenn sie euch überwältigt haben, waren es sicher nicht diese Krieger auf den Pferden! Es müssen andere Kämpfer gewesen sein!" Er wies hinter sich zum Eingang, wo die fremden Toten lagen.
Die Elfen unterhielten sich in ihrer eigenen Sprache eine ganze Zeitlang.
"Es ist wie du es gesagt hast, ein Mann mit dunkler Hautfarbe, auf der er viele Zeichen hatte, kam als wir gefangen waren und durchsuchte die Höhle. Er kannte alle unsere Heiligtümer genau, als wenn er sie schon einmal gesehen hatte."
Arnulf nickte langsam in Gedanken, allmählich begann sich ein Sinn in den vergangenen Ereignissen abzuzeichnen. Wenn jemand den jeweiligen Völkern ihrer Heiligtümer beraubte, weil er so vielleicht

Macht über sie haben wollte oder aus Sammelleidenschaft, musste er über ungeheure Mittel verfügen.
Denn er zettelte nebenbei den einen oder anderen Krieg an und es machte ihm nichts aus. Hatte er auch den Baumeister entführt, dessen Dienste er doch leicht kaufen könnte?
Die Vermutung lag nahe, dass der Baumeister seine Geheimnisse nicht Preis geben wollte.
Die Baumeistergilde hütete eifersüchtig ihr Wissen vor allen Außenstehenden. Wer weinselig etwas zu viel ausplauderte verlor ganz schnell seine Zugehörigkeit zur Zunft und bekam keine Aufträge mehr.
Sein Blick fiel auf die sehr schön gearbeiteten Fackelhalter an der Wand. Warum waren diese noch hier? Waren sie dem dunklen Mann nicht kostbar genug? Suchte er eher das Wissen der Bewohner von dieser Seite der Welt?
Auf dem Boden verstreut lagen auch noch andere Schätze. Jeder andere hätte sie bei der Gelegenheit ebenfalls mitgenommen. Es blieb ihm ein Rätsel.
Er wollte wieder aufbrechen. Die Bergelfen machten ihm bereitwillig den Weg frei und zeigten ihm vor dem Eingang die Richtung.
Der Freiherr versprach ihnen wenig. Wenn sich die Gelegenheit ergab würde er ihnen ihr Eigentum zurückbringen. Das war alles, was er im Augenblick zusagen konnte.
Sie würden immer in der Nähe sein, sagte ihm der Anführer düster.
Der Fährtensucher wusste nicht, ob dies eine Drohung sein sollte oder die Zusage ihn zu unterstützen.
Er begab sich zurück zur Grenzwarte. Es waren noch einige Stunden bis zum Morgengrauen.
Dort wurde er schon erwartet.
Das Tor öffnete sich, bevor er sich zu erkennen geben konnte.
Fackeln wurden entzündet.

Der Unterleutnant zog ihn hinein und bugsierte ihn ins Wirtschaftsgebäude, das sich gegenüber dem Turm befand.
Arnulf war todmüde. Doch er wurde erst einmal genötigt etwas zu essen. Der Offizier war natürlich neugierig, was es mit den Elfen auf sich hatte. Für ihn waren das Wesen, denen man nicht trauen konnte.
Arnulf erklärte ihm, dass er nicht zum ersten Mal mit ihnen zu tun hatte. Sie wären nur etwas schwierig, aber unter Umständen sogar vertrauenswürdig.
Bevor er sich Schlafen legte, erfuhr er noch, das Hansen im Alleingang versuchen würde, Verstärkung zu holen. Wenn das einer schaffen konnte, dann Hansen, murmelte Arnulf, kurz bevor er ins Reich der Träume versank.

Beim Erwachen hatte er kurz eine genaue Vorstellung, wo sich der Baumeister befand. Fragend sah er sich um. Ein Kauz saß auf dem Fensterbrett. Seine Schwester war wie immer nicht weit.
"Hast du daran gedacht, wie es weitergeht, wenn du den Elfen bringst, was sie so vermissen?"
"Du meinst sie werden mich töten?"
"Es liegt im Bereich des Möglichen, vertrau ihnen nicht zu sehr! Sie können kein Interesse daran haben, das jemand, noch dazu ein Mensch, um ihr Versagen weiß!"
"Elfen sind doch Wesen von Ehre", erwiderte Arnulf seiner Schwester ohne innere Überzeugung. Sie gab darauf keine Antwort. Er dachte an Lehandrà, der Hüterin der Schicksalsrollen. Ihr hatte er im letzten Winter das Leben gerettet. Sie und ihr Freund hatten nicht versucht ihn umzubringen!
"Dann hast du keine Vorstellung, was den Elfenwächtern geschieht, wenn du versagen solltest!"
Der kleine Kauz flog schon wieder davon.

So sollte man nicht geweckt werden, fand Arnulf. Schon gar nicht als Freiherr!
Was ihn aber schon geraume Zeit beschäftigte, wie konnten die sonst so wachsamen Elfen überrascht werden? Doch eigentlich nur von anderen Elfen. Oder waren die anderen Soldaten in den fremden Rüstungen tatsächlich so gut?
Er hatte das Bedürfnis mit Lèhandra zu sprechen. Ihr brachte er etwas Vertrauen entgegen. Doch bis zu ihrer Höhle war es viel zu weit. Es fehlte einfach die Zeit für solch eine Reise!
Er schnaufte unzufrieden. Warum gönnte man ihm nicht etwas Ruhe? Er überlegte schon eine Zeitlang, wo er sich in Zukunft niederlassen wollte. Das war ein Vorhaben, über die er sich viel lieber Gedanken machen wollte!
Ob der König ihm wie versprochen freie Hand ließ? Er musste diese Gedanken beiseiteschieben. Erst einmal gab es unzählige andere Probleme zu lösen.
Mit Hilfe einiger Soldaten aus der Warte baute Arnulf eine Sperre quer über den Postweg. Sie schwitzten schon nach einigen Minuten. Schweiß klebte ihnen auf den Rücken. Ihre Wasserschläuche waren schnell geleert.
Es war fast schon Quälerei bei diesen Temperaturen das Hindernis aufzutürmen. Er wollte die Weiterfahrt der Kutsche verhindern, wenn sie denn überhaupt hier entlang kam.
Sein wichtigstes Ziel war aber natürlich, den Baumeister aus der Kutsche zu holen. Aber das würde wohl ein Wunsch bleiben. Wer so viel auf sich nimmt, um diesen Mann aus einem fernen Land zu holen, würde sich von ein paar Baumstämmen auf der Straße nicht aufhalten lassen.
Sie banden die Stämme mit dicken Seilen zusammen und rammten Pfähle in den Boden.
Damit würde die Grenzwarte ein weiteres Mal Aufmerksamkeit auf sich ziehen und sie für die Invasoren interessant machen.

Dabei gab es hier eigentlich nichts zu holen. Im Dorf zu Füßen der Warte schon gar nicht. Eine Schmiede und vielleicht ein paar Ziegen.
Die kümmerliche Besatzung der Warte konnte nur hoffen, das Hansen Erfolg haben würde und mit einigen Männern zurückkam.

Sie hatten mehr Glück als gedacht. Schon am späten Nachmittag erschien Hansen mit einem Dutzend Bogenschützen.
Sie wurden freudig begrüßt.
Der alte Hansen brachte die Nachricht mit, dass noch mehr Männer mit einer neuartigen Waffe im Gepäck folgten.
Die Lanzenreiter waren dem Konvoi ebenfalls schon auf dem Fersen. Doch sie wurden ständig von den Sardanern aufgehalten.
Die Nachricht, dass der König seinen Ersten Sekretär inhaftiert hatte, weil er seinen Pflichten nicht nachgekommen war, ließ Arnulf aufhorchen.
Der dünne Mann saß nicht mehr hinter seinem Schreibtisch? War das gut oder schlecht? Nicht das er Mitleid mit diesem Mann hatte. Doch er war eine feste Konstante bei seinen Besuchen am Hofe. Dass er ein Verräter sein sollte, wollte Arnulf aber nicht in den Kopf.

Eine Audienz

Erst im letzten Licht des Abends hörten sie den Konvoi heranrollen. Einige der vorderen Reiter versuchten die Barrikade mit Seilen auseinanderzuziehen. Sie wurden von den Bogenschützen unter Beschuss genommen und gaben ihr Vorhaben schnell wieder auf. Arnulf wollte mit zwei erfahrenen Soldaten die Lage vor Ort erkunden. Doch ehe er das Tor erreicht hatte, stand schon ein Parlamentär am Fuße der Grenzwarte. Er schwenkte eine bunte Fahne, von der niemand erraten konnte, was sie bedeuten sollte.

Erst jetzt wurde auf dem Turm der Warte in das Signalhorn gestoßen.
Der Unterleutnant holte Arnulf zum Tor. Er war in solchen Sachen unerfahren, erklärte er. Er wollte sich sicherlich nicht die Bürde einer Verhandlung aufhalsen.
So schauten sie zu zweit von den Zinnen des Tores hinunter, hinter ihnen warteten die Bogenschützen auf einen Befehl.
"Mein Herr erbittet eine Audienz, um zu erfahren warum ihr ihm den Weg versperrt habt", rief der ungerüstete Mann mit einem schrecklichen, schwer verständlichen Dialekt. Dabei wedelte er weiter ununterbrochen mit der Fahne. Er war alt und sah so gar nicht nach einem Invasoren aus.
"Hier in Bergisch-Bachland lassen wir Diebe und Mörder nicht einfach wieder fortreiten", erklärte der Unterleutnant energisch.
"Es ist meinem Herren unmöglich in diesem Ton ein sachliches Gespräch zum Abwenden von weiteren Feindseligkeiten zu führen! Das wäre aber in unser aller Interesse, glaubt es mir."
Der Parlamentär musste sich sehr sicher fühlen, wenn er diese unverhohlene Drohung ausstieß.
"Wir können uns vor dem Tor treffen, um die Modalitäten zu klären", rief Arnulf einlenkend hinunter.
Der Unterleutnant sah ihn mürrisch an. "Du gehst in den sicheren Tod", prophezeite er mit leiser Stimme düster.
"Das wird sich zeigen." Arnulf war nicht ganz so pessimistisch.
"Oh, ich bin erfreut, einen Mann mit Weitblick in dieser prächtigen Festung zu wissen", rief der Parlamentär, als er sein Kommen erklärte.
"Wen darf ich meinen Herren zu dieser Unterredung melden?"
"Arnulf, Freiherr von Bergisch-Bachland !" Nun hatte er zum ersten Mal seinen Titel in der Öffentlichkeit bekannt gegeben. Es hörte sich schon merkwürdig an. Aber nicht unbedingt schlecht.

Der Fahnenträger vor der Warte verneigte sich und trat den Rückweg an.
"Warum tust du das, Herr", fragte der Unterleutnant beinahe tadelnd. Er sah aus, als wollte er sogleich die Beine in die Hand nehmen.
"Um Zeit zu gewinnen, Mann! Ich will den Menschen kennenlernen, der unser Reich so einfach ins Chaos stürzt. Den Mann, der über Leichen geht, ohne mit der Wimper zu zucken, verstehst du?"
Unterleutnant Trömso nickte schweigend. "Ich hätte das nicht gemacht", sagte er schließlich.
Arnulf sah ihn von der Seite an und blieb eine Weile stumm.
"Das ist ja auch nicht deine Aufgabe, Unterleutnant!" Es klang wie eine Zurechtweisung, Trömso zuckte zusammen.
Der Freiherr beschloss nun seinen Erkundungsgang anzutreten. Hansen wollte unbedingt mitgehen.
Die beiden Fährtensucher verließen die Warte durch eine rückwärtige Geheimtür. Aufmerksam sahen sie sich um und lauschten in die Dunkelheit.
Nichts deutete auf Gefahren hin. Doch Hansen machte eine vage Handbewegung.
Sie hatten also beide das gleiche Gefühl beobachtet zu werden.
Hansen nickte mit dem Kopf zur Grellwand hoch. Was auch dort oben war, es verbarg sich meisterhaft.
Arnulf war sich sicher, dass es die Bergelfen waren, die alle seine Schritte verfolgten. Er zeigte auf sein Ohr und deutete eine Spitze an. Hansen nickte kurz, er hatte verstanden.
Die Ohren der Bergelfen liefen nach oben hin etwas spitzer als bei den Menschen aus.
Warum überwachten sie ihn? Hatten sie Angst, dass er mit den Invasoren gemeinsame Sache machte? Wollten sie ihm gar beistehen?

Sie umrundeten die Warte, um zu sehen was sich auf dem Grenzweg abspielte.
Dabei stießen sie auf einige unvorsichtige Späher. Diese sahen nicht wie die Sardaner aus, die sie bisher zu Gesicht bekommen hatten. Eher wie die Toten in der Höhle der Elfen.
Die beiden Fährtensucher fesselten sie an einen Baum. So hatte sie eine Zeit lang den Rücken frei. Sie jetzt vor einer Verhandlung zu töten erschien ihnen nicht ratsam.
Als sie sich dem Grenzweg weiter näherten, beobachten sie, wie dort unten Bedienstete Tische und Stühle aus einem Wagen luden. Sie stellten sie mitten auf dem Weg zur Warte. Danach errichteten sie gut sichtbar für die Wachen auf den Zinnen, auch ein Zelt.
Arnulf war von dieser kaltblütigen Ignoranz der Lage beeindruckt. Ein beleibter Mann mit strengen Zügen betrachte die Aufbauarbeiten stumm. Langsam lief er auf dem Weg hin und her. Er hatte einen Rohrstock in der Hand, den er hinter seinem Rücken im Takt auf und ab bewegte. Die Diener schienen ihm wohl zu langsam in ihren Verrichtungen, so sauste ab und zu blitzschnell sein Stock auf den Rücken eines säumigen Mannes nieder. Niemand stieß einen Schmerzensschrei aus. Die Bediensteten bemühten sich nur schnell aus dem Bereich dieses peinigenden Stockes zu kommen.
Seine Gesichtsfarbe war etwas dunkler und mit vielen kunstvollen Mustern übersät. Vielleicht waren das auch fremde Schriftzeichen. So etwas hatten die Fährtensucher noch nicht gesehen, aber nun wusste er, wen die Bergelfen in der Höhle gemeint hatten. Er war es, der die heilige Stätte der Elfen aufgesucht hatte! Wie konnte er von ihr erfahren haben?
Er trug eine weite, helle Hose, die sich hier etwas merkwürdig ausnahm. Darüber hatte er eine hellblaue Jacke, die offensichtlich viel zu klein für seinen umfangreichen Bauch war. Es war alles

augenscheinlich aus sehr kostenbaren Stoff gearbeitet. Sein kahler Kopf war von einem flachen Hut mit breiter Krempe bedeckt. Arnulf war sich über ihn nicht im Klaren.
War er der Mann, der verhandeln wollte, oder war er gar der Anführer dieser Invasion?
Die Diener hatten große Angst vor ihm. Aus den Augenwinkeln sahen sie immer wieder scheu zu ihm hin, um sich zu versichern, dass alles nach seinem Willen geschah. Er dirigierte die Diener mit einem Rohrstock, ohne ein Wort dabei zu verlieren. Das wirkte fast gespenstisch.
Alles schien straff organisiert und so stand in kaum zehn Minuten ein Tisch mit Stühlen bereit. Dahinter war eine Platte mit einem Imbiss aufgebaut worden.
Der Mann setzte sich auf die der Grenzwarte zugewandten Seite des Tisches. Hinter ihm bauten sich sechs Wächter auf, alle so groß wie Arnulfs langjähriger Freund Karls. Sie trugen schwere Rüstungen und starrten misstrauisch in die Runde. An ihren Beinen lehnten große Schilde, die sicherlich auch einem Pfeilhagel gewachsen waren.
Der Parlamentär wurde herbeigerufen und entrollte noch einmal beflissen die Fahne.
Langsam ging er den Weg hoch zum Tor der Grenzwarte. Wenn er sich unwohl fühlte, so zeigte er es jedenfalls nicht. Im Gegenteil, er wirkte als ginge er diesen Weg jeden Tag. Er war sich jedoch bewusst, dass viele Pfeile auf der Sehne lagen und in seine Richtung zeigten. Seine Augen musterten unruhig die Mauerkrone.
Sein Herr hingegen saß in aller Seelenruhe an dem Tisch und rauchte zum Zeitvertreib eine Pfeife.
Noch während der Fahnenträger die Wachen der Warte anrief, kam Arnulf aus dem Unterholz und setzte sich auf den freien Stuhl auf der anderen Seite des Tisches.
Sein Gegenüber zeigte keinerlei Zeichen von Erstaunen.

Er rief lediglich in seiner Sprache barsch den Parlamentär zurück. Ein Diener goss eilfertig eine Erfrischung in einen prunkvollen Kelch und stellte ihn vor Arnulf auf den Tisch.
Der Freiherr nahm den Kelch, schwenkte ihn leicht und roch daran. Sein Gastgeber sah dies mit Wohlwollen. Er nickte ihm zu.
"So lernen wir uns endlich kennen. Dein Ruf geht weit über die Landesgrenzen hinaus und ihr seid so erstaunlich bescheiden - Arnulf, Fährtensucher des Königs. Ein Mann der aus dem Reich der Toten zurückgekehrt ist, ausgezeichnet mit SEINEM Mal über der Stirn!"
Sein Gastgeber beherrschte die Sprache des Landes ausgezeichnet, wenn auch mit leichtem Akzent.
Arnulf nickte höflich in die Richtung des Sprechers. "Ich wünschte, ich könnte ebenfalls behaupten schon von Euch und Euren Taten gehört zu haben."
Der dicke Mann lächelte ihm wohlwollend zu.
"Gestattet, dass ich mich zu erkennen gebe. Ich bin Akuma, der dritte Sohn des Paschas Siltriens, dem endlosen Reich auf der anderen Seite des Meeres."
"Erlaubt mir meine Unwissenheit zu offenbaren. Mit den Gegebenheiten der anderen Seite der Welt bin ich bedauerlicherweise nicht vertraut"
Der dritte Sohn des Herrschers winkte großzügig ab.
"Diese Wissenslücke könnte ich leicht schließen, wenn wir etwas Zeit miteinander verbringen würden."
Arnulf überlegte, wo dieser Mann die hiesige Sprache erlernt haben konnte. Lernte man das auf der anderen Seite der Welt in einer Universität?
"Würdet ihr mir den Grund Eurer unerwarteten Anreise verraten", fragte Arnulf und versuchte seine Neugier zu verbergen.

Der Mann auf der anderen Seite des Tisches betrachtete ihn wie ein Insekt. Ein gewiss interessantes Insekt. Vielleicht überlegte er gerade, ob er dieses Insekt in seine Pläne einweihen sollte.
Sein Gesicht hellte sich plötzlich auf. Seine schwarzen Augen strahlten geradeso vor Freude und Großzügigkeit.
"Gut dass ihr das erwähnt. Mein Vater, der Herrscher von Siltriens, trug mir diese Reise auf, um unsere Kenntnisse über diese Seite der Welt zu vertiefen. Es ist sozusagen eine Forschungsreise."
Die Diener entzündeten indessen um den Tisch herum Fackeln, die auf kunstvoll gearbeitete Halter gesteckt wurden.
Es wurde Abend. Einige fremd riechende Speisen wurden auf den Tisch gestellt. Doch weder Arnulf noch Akuma rührten sie an. Erstaunlicherweise wurden sie zwar immer noch von der Hitze gepeinigt, aber die Insekten ließen die beiden Männer am Tisch in Ruhe.
"Was tut Ihr mit Personen, die ihr auf Eurer Reise findet", fragte Arnulf und wartete mit Interesse auf die Antwort. Die Reise war nach seinem Verständnis wohl eher zum Sammeln von Kostbarkeiten gedacht. Dass er dabei Kontakte knüpfte, war wohl eher Nebensächlich in seine Augen.
"Oh, ich frage sie, ob sie mich ein Stück des Weges begleiten wollen. Denn man kann viel voneinander lernen und viele anregende Gespräche führen um sich die Zeit vor dem Schlafengehen zu verkürzen. Ihr könntet mir zum Beispiel jetzt erzählen, was hinter der Grenze des Lebens geschieht. Wie es sich anfühlt."
Er kam schnell zum Thema, stellte Arnulf fest. Seinen Augen ruhten jetzt stechend und fordernd auf seinem Gegenüber. Er schien dieses Wissen jetzt auf der Stelle bekommen zu müssen, als liefe ihm die Zeit davon.

Wenn das wirklich alles war, was Akuma interessierte, hätte er das auch ohne seine Armee viel einfacher und unblutiger erfahren können.
Er sah Arnulf auffordernd an, als wollte er sofort eine Erklärung von ihm. Das ignorierte der Freiherr jedoch.
"Und was geschieht mit den Fundstücken, die Ihr mit euch nehmt?"
Der dunkelgesichtige Mann, mit den vielen Mustern im Gesicht lächelte nun nicht mehr. Sein Interesse an einer Unterhaltung mit dem Fährtensucher schien schon erloschen. Vielleicht war er es nicht gewohnt, seinen Willen nicht zu bekommen. Arnulf sah ihn abwartend an und entzündete seine Pfeife. Akuma sah dem schweigend zu, doch an seiner Schläfe begann eine Ader zu pulsieren.
Er beugte sich über den Tisch, seinem Gast entgegen.
"Dasselbe wie mit dir, Freiherr! Ich stopfe dich aus! Ich hänge dir und allem anderen ein Schild um den Hals und stelle alles zusammen zu Haus in den Keller meines Palastes!"
Auf ein Zeichen mit seinem Rohrstock, stürzten sich die Wächter auf den Fährtensucher. Doch der war auf wundersame Weise in der Dunkelheit verschwunden.
Wütend sprang Akuma auf, so dass sein Stuhl nach hinten kippte.
"Vielleicht nehme ich mir auch diese lächerliche Ansammlung von Bergen und mache sie zu den Meinen. Es wäre dann so etwas wie ein Vorgarten für mich! Bei mir zu Haus benötigt man Monate um die Reiche zu durchqueren!"
Akuma war wohl gegen seine Angewohnheit, laut geworden. Seine Fäuste ballten sich.
Er starrte wütend in die Dunkelheit.
Sein Rohrstock wippte heftig auf und ab. Der Prinz schien sehr erregt.
Er sah sich um, er brauchte ein Ventil für seinen Zorn.

Eilig räumten seine Diener den Tisch ab. Das Geschah, wie tausendmal geübt, in wenigen Augenblicken.
Ein lautes Zischen war zu hören. Ein riesiger Pfeil verfehlte Akuma knapp und riss zwei seiner Wächter in den Tod.
Ungerührt schritt der dritte Sohn des Paschas von Siltrien zu seiner Kutsche. Er warf nicht einmal einen Blick auf die Toten. Er sah sich noch einmal zur Grenzwarte um. Sein Gesichtsausdruck war kein freundlicher. Er sann nach Rache für die unerwartete Schmach.
Die Barrikade war inzwischen weggeräumt worden und die Reiter und Kutschen setzten ihren Weg fort. Sie wurden verfolgt von vereinzelten Pfeilen der Bogenschützen. Trömso befahl den Beschuss einzustellen. Es war unnütz, jetzt Pfeile zu vergeuden.

Und wieder Hansen

Arnulf fühlte instinktiv, dass ihm jemand auf dem Fersen war. Er kauerte sich hinter einem breiten Baum zusammen und lauschte in die Umgebung.
Die Schritte waren kaum zu hören. Das waren auf keinen Fall Menschen. Es war zu vermuten, dass die Bergelfen ihm auf dem Fersen waren. Das er ihnen unter diesen Umständen nicht ihre Heiligtümer zurückgeholt haben konnte, musste den Elfen doch klar sein. Aber was wollten sie dann von ihm? Er vermutete immer noch, dass sie ihn eintauschen wollten bei diesem Akuma, Sohn von so und so.
Er konnte durch das Dickicht beobachten wie der Konvoi des Prinzen sich in Bewegung setzte. Es dauerte eine Weile bis Stille eintrat. Der Wind fuhr durch die Baumkronen. Äste knarrten. Das rascheln von Mäusen war zu hören.
Man konnte einige Bewohner von Wartenheim sehen, die vorsichtig den Grenzweg entlang schauten.

Jetzt konnte der Fährtensucher die Bewegungen in der Dunkelheit besser lokalisieren. Er tippte auf mindestens vier Männer, die durch das Unterholz schlichen. Der Geruch in der Nase bestätigte seine Vermutung, es waren Elfen. Sie rochen einfach anders als Menschen.
Er wusste, dass sie in der Dunkelheit besser sehen konnten als er. Es war also nur eine Frage der Zeit, bis sie ihn fanden. Er zog sein Langmesser langsam aus der Scheide.
Zwei dunkle Schemen tauchten vor ihm auf.
"Du bist uns nur lebendig nützlich", sagte einer der beiden leise. Es war der Singsang der Elfen, wenn sie die menschliche Sprache benutzten.
Arnulf verstand mehr aus Instinkt was sie sagten, als er sie tatsächlich verstand. Er wurde grob an den Armen hochgerissen und gefesselt. Sie tasteten ihn sorgfältig nach Waffen ab.
Er bemühte sich laut zu stolpern, um jemanden auf sich aufmerksam zu machen.
Vielleicht wurde er ja von der Besatzung der Grenzwarte gesucht, oder Hansen war in der Nähe.
Die Elfen waren ärgerlich über sein ungeschicktes Herumtrampeln. Sie stießen ihn grob in den Rücken, so dass er sich nicht die Gelegenheit entgehen ließ geräuschvoll hinzufallen. Er spürte eine kalte Klinge am Hals.
"Lauf wie ein Fährtensucher!"
Plötzlich wurde der Wald von Fackeln erhellt. Jetzt konnte Arnulf die Schemen der Entführer erkennen. Es waren jetzt die Bergelfen, die sich jetzt hektisch umsahen, um einen Fluchtweg zu finden. Der Fährtensucher ließ sich schnell fallen und kroch unter einen umgestürzten Baumstamm. Die Elfen hatten ihre Bögen in der Hand und versuchten die Verfolger zu erkennen. Wenig später waren sie plötzlich spurlos in die Nacht entschwunden.

Hansen hatte den Freiherren schnell gefunden und half ihm auf die Beine.
"Irgendwann bist auch du zu alt für solche Spiele", rief Hansen erfreut und untersuchte den Gefesselten nach Verwundungen.
"Ja, das habe ich auch gerade gedacht", antwortete Arnulf knurrend. Sein Stolz war etwas angekratzt.
"Ich habe erst gedacht, ein Wildschwein treibt sich hier herum", sagte Hansen hämisch. "Bei dem ganzen Lärm hier im Dunkeln!"
Arnulf war erfreut diese Nacht wahrscheinlich ein Dach über den Kopf zu haben. Vielleicht sogar eine Pritsche mit Zudecke. Mehr Luxus konnte er sich im Augenblick nicht vorstellen.
"Es war deine Schwester, die uns rausgeschickt hatte", sagte Hansen kurz vor dem Tor der Warte. Hinter ihnen waren noch einige Soldaten, die ebenfalls wieder schnell zur Warte wollten.
"Sie ist hier", fragte Arnulf überrascht. Auch wenn er sich nicht darüber wunderte. Wie immer hatte sie auch ihre Finger im Spiel.
"Jetzt nicht mehr", sagte Hansen und klang ehrlich erleichtert.
"Wieso, war sie wieder übellaunig?"
"Sie ist immer so - unheimlich", antworte der alte Fährtensucher schnell. Es schien ihm peinlich zu sein. Arnulf kicherte leise. Sie hatte wohl ihr gruseliges Programm aufgeführt. Daran schien sie immer viel Freude zu haben.
Hansen war ein alter, bewährter Kämpfer, hatte aber auch den Hang zum Aberglauben. Aber das Ergebnis war das, was zählte. Er war am Leben und er war frei!

Unterleutnant Trömso schien ehrlich erleichtert den Freiherren wiederzusehen.
Um ihn herum wimmelten im Licht von vielen Öllampen Soldaten. Auf dem Hof der Warte war kaum genug Platz für sie alle. Unten auf dem Grenzweg war trotz der Dunkelheit Reiterei zu hören. Die

Wachen hörten Hornstöße, die das Erscheinen der königlichen leichten Reiterei ankündigten.
Der Unterleutnant ließ den müden Fährtensucher noch nicht zur Ruhe kommen. Er wollte ihm unbedingt noch etwas zeigen. Mürrisch ging er hinter dem Offizier, der ihm den Weg mit einer Fackel leuchtete, die Treppe zum Turm hinauf.
Oben angekommen präsentierte der Unterleutnant eine Pfeilschleuder, die etwas umgebaut war und auf einem stabilen Fuß stand. Sie war an der Mauer verkeilt. Die Abschussvorrichtung ließ sich mittels einer Winde drehen. So konnte man den Pfeil in alle Richtungen abschießen.
Das war also die Abschussvorrichtung, dessen Geschoß Arnulf vor einer Stunde so hautnah erleben durfte.
Er konnte sich vorstellen, welche Mühe es bereitet hatte sie auf den Turm hinaufzubringen.
"Wie weit wird der Pfeil geschleudert?" Der Unterleutnant machte eine vage Handbewegung. Er wusste es nicht und rief einen Schützen herbei, der hier in Bereitschaft war. Er war ein gestandener Soldat und grüßte den Freiherren familiär.
"Wenn man eine erhöhte Flugbahn einrichtet mehr als doppelt so weit wie ein Langbogen", erklärte er. Es war also eine Fernwaffe. Es war gut so etwas im Gepäck zu haben, wenn man gegen Akuma ins Feld zog. Und daran zweifelte der Freiherr keine Sekunde lang. Er bedankte sich und ließ sich eine Kammer zeigen, in der er übernachten konnte.
Es war ein Turmzimmer, dessen schmales Fenster zur Grellwand zeigte. Er hielt sich nicht mit der Aussicht in die Dunkelheit auf und legte sich schlafen.
Beim Einschlafen hatte er noch die Frage im Sinn, wie ein gewaltiges Heer den langen Weg vom Meer bis hierher unerkannt bleiben konnte. König Reinhardt aus Ylstenbyrg hätte ihnen sicherlich eine Warnung zukommen lassen.

Diese Annahme schied also aus, stellte sein müdes Hirn fest.
Das legte die Schlussfolgerung nahe, dass es gar kein Heer gab! Die Sardaner waren sicherlich erst in Ylsten oder der Niedermark rekrutiert worden. Vielleicht war ja Akumas ursprünglicher Wagenzug so klein, das sie nur wie eine Händlerkarawane von weitem ausgesehen hatten. Dann konnten sie sogar aus Wairnasund hierhergezogen sein!

Arnulf träumte von seiner Schwester. Er flog über das Gebirge, dann den Grenzweg entlang. Er konnte sehen, dass viele Menschen auf dem Weg zur Grenzwarte waren. Der Postweg war verstopft mit Fuhrwerken. Sein Flug endete an einem gut bewachten Feldlager. Verdeckt stand dort ein mysteriöser Gegenstand. Beim Grübeln darüber erwachte er.
Er versuchte einige Erinnerungsfetzen im Gedächtnis zu behalten. Das gelang natürlich nicht.
Der Soldat, der ihn wecken sollte fand dann einen mürrischen Freiherren vor und zog sich sofort wieder zurück.
Arnulf nahm sich im Vorbeigehen etwas zu Essen. Der kleine Hof der Warte glich inzwischen einem Heerlager, so dass er sich durch die Soldaten schieben musste. Auch am Fuß der Warte waren Zelte aufgebaut. Es wimmelte auch hier von Kämpfern, die auf ihre Befehle warteten.
Arnulf traf auf einen Oberst, den er vom Sehen kannte.
Der Oberst sah ihm skeptisch entgegen. Er hielt offensichtlich nicht viel von dem frischgebackenen Freiherren. Nach seiner Meinung stand einem Fährtensucher solch einem Titel einfach nicht zu. Das niedere Volk hatte einfach nur dem König mit aller Kraft zu dienen.
"Ich möchte nicht, dass Ihr Euch in meinen Feldzug einmischt, Freiherr!"

Er spuckte Arnulfs neuen Titel beinahe aus und blickte streng in Arnulfs Gesicht. Der war viel zu müde um dies zu kommentieren.
"Ich werde mich nicht freiwillig in Eure Obliegenheiten einmischen, mein Wort darauf!"
Der Oberst quittierte das mit einem zufriedenen, etwas überheblichen, Nicken.
"Wenn Ihr erlaubt werde ich mich entfernen", sagte Arnulf und verbeugte sich leicht. Er wartete auf keine Antwort. Der Oberst hinter ihm sah aus, als wenn sogleich eine Peitsche in die Hand nehmen wollte, um den Fährtensucher zu maßregeln.
Arnulf wollte auf keinen Fall, bei den Soldaten bleiben. Hier war es wesentlich zu laut und man konnte schon nach fünf Minuten keine Spuren mehr lesen.
Er begegnete beim Weg durch die Hintertür dem Unterleutnant. Der sah sehr unglücklich aus.
"Ich würde Euch am liebsten folgen. Meine schöne Grenzwarte ähnelt im Moment sehr einem Narrenschiff!" Arnulf musste lächeln. Er hatte es auf den Punkt getroffen.
"Keine Sorge, der Spuk ist bestimmt bald vorbei. Spätestens, wenn der Oberst merkt, dass hier kein neuer Orden zu holen ist."
In den Augen von Trömso glomm etwas Hoffnung.
"Aber Ihr kommt doch wieder?"
"Vorerst nicht, vermutete ich mal. Wenn es ruhiger geworden ist, komme ich bestimmt hier wieder vorbei." Er schüttelte dem Soldaten die Hand und ging die Treppe zur Grellwand hinauf.
Oben erwartete ihn Hansen und sah ihn tadelnd an.
"Du wollest mich doch nicht in diesem Ameisenhaufen zurücklassen", fragte er vorwurfsvoll.
"Ich dachte, dass du schon fort wärest", antwortete Arnulf. Sein Kamerad sah ihn prüfend von der Seite an.
"Du hast doch schon wieder etwas völlig dummes vor, stimmt's?"
Arnulf seufzte und brummte etwas Undefinierbares.

"Lass uns von hier verschwinden", sagte Hansen schnell. Er schob Arnulf an der Schulter vor sich her.
"Wie versteckt man ein Heer", fragte der Freiherr den alten Fährtensucher. Der sah ihn stirnrunzelnd an.
"Das geht natürlich nicht, es sei denn er könnte die Soldaten in Steine verwandeln oder ähnliches." Arnulf grunzte leise.
"Dann lass uns Steine suchen!" Hansen sah ihn von der Seite an, er war derlei Merkwürdigkeiten von Arnulf gewöhnt. Aber um Steine zu suchen, musste man nicht weit gehen.
"Was machen wir mit den Bergelfen?"
"Ich werde wohl mit einer Bekannten sprechen müssen und das fällt mir ehrlich gesagt schwer."
Sie folgten auf dem Bergkamm dem Grenzweg. Da der Konvoi nicht besonders schnell sein konnte, rechnete Arnulf damit, ihm im Laufe des Tages einzuholen. Vielleicht hatten einige Kundschafter des Königs noch einige Hindernisse auf dem Weg platzieren können, um die Weiterfahrt zu verzögern.
Die beiden Fährtensucher gaben sich größte Mühe leise und unerkannt den Wald zu durchqueren. Sie mussten jeden Augenblick damit rechnen, von den Bergelfen aufgespürt zu werden.

Wie Arnulf vermutete hatte, konnten sie den Konvoi des gelben Mannes langsam einholen. Es war immerhin noch einigermaßen kühl zu dieser Zeit. Von weitem gesehen, sah alles sehr friedlich aus. Nur einige Sardaner jagten mit ihren Pferden wild hin und her. Reiter, die nicht wie die Krieger aussahen, erreichten die schweren Wagen und überbrachten Nachrichten. Die beiden Fährtensucher hatten auch ausgiebig Muße den Herren über diesen Zug zu beobachten. Er schien in keinster Weise beunruhigt und hatte wohl auch alle Zeit der Welt.

Arnulf musste sich eingestehen, dass ihn das ärgerte.
Bei einem Halt der Kolonne konnte er auch zum ersten Mal den Baumeister sehen. Er hatte eine lange Eisenkette an den Beinen, war aber sonst völlig uneingeschränkt. Er unterhielt sich immer wieder angeregt mit seinem Entführer Akuma. Dabei schien er auch einige Zeichnungen zu präsentieren, die der Prinz mit Interesse zu studieren schien. Akuma redete eindringlich auf den Baumeister ein, doch der Angesprochene schüttelte immer wieder den Kopf. Die Bewegungen des Prinzen wurden immer fordernder, als bedrohte er irgendwie den Baumeister. Der lehnte jedoch weiterhin ab, das war offensichtlich. Anschließend sprachen sie wieder versöhnlich miteinander.
Der Freiherr war verwundert. Er war davon ausgegangen, dass sich der Baumeister sofort seinen Befreiern anschließen würde, falls er seiner Fesseln entledigt werden würde. Aber jetzt war er sich nicht mehr so sicher, dass ihm der Gefangene überhaupt folgen würde. Noch mehr alarmierte ihn, das einige Bergelfen unten auf dem Grenzweg auftauchten.
Er sollte wohl Recht behalten; er war nur als Tauschware für ihre entwendeten Schätze vorgesehen. Doch welches Interesse konnte Akuma an ihm, Arnulf, haben? Akumas Begierde zu erfahren, was in der kurzen Zeit hinter der Grenze des Lebens geschehen war, tat er als Spinnerei ab. Das konnte er nicht ernst gemeint haben. Es gab dafür ohnehin keine Worte, die das glaubhaft beschreiben konnten.

Die Elfen wurden sofort von Sardanern umringt, die mit ihren Schwertern bedrohlich umherfuchtelten. Das machte sichtbar wenig Eindruck auf die Bergelfen, sie hielten wohl nichts von den wilden Reitern.

Prinz Akuma ließ seine Kutsche gemächlich heranrollen. Ein Fenster wurde etwas geöffnet, so dass die Elfen sich mit ihm unterhalten konnten. Der Mann vom anderen Ende der Welt schien sehr ärgerlich zu sein, von ihnen aufgehalten zu werden. Trotz der Entfernung konnte Arnulf seine zornige Stimme hören. Einige seiner eigenen Soldaten standen mit gleichgültigen Gesichtern um die schwere Kutsche herum. Akuma stieg umständlich aus dem Wagen und ging auf die Elfen zu. Er schien völlig furchtlos zu sein. Die Elfen regten sich nicht, wie es ihre Art war.
Arnulf sah Akuma schnellen, fließenden Bewegung ein Schwert ziehen. Der Kopf eines Elfen fiel zu Boden. Sein Körper blieb grotesker Weise noch eine Zeit lang aufrecht stehen, ehe er zu Boden sank.
Die anderen Bergelfen sahen sich beunruhigt um. Sie hatten keine Möglichkeit zu fliehen. Sie waren umstellt.
Seelenruhig stieg Akuma wieder in sein Gefährt ein. Er rief seinem Begleitschutz noch etwas zu, dann waren die Elfen allein mit den Sardanern.
Die Reiter jagten davon. Auch Akumas Soldaten öffneten den Kreis um die Elfenkrieger und folgten ihrem Herren im Laufschritt.
Ratlos blieben die Elfen auf dem Grenzweg zurück. Schließlich hoben sie ihren toten Kameraden auf und trugen ihn in den Wald.
"Er ist wegen dir gestorben", sagte eine bekannte Stimme hinter ihnen. Hansen machte ein Gesicht als wenn er Zahnweh hatte. Er fühlte sich immer Unwohl in Ankas Nähe.
"Was will der fremde Mann von mir?"
"Geh hin und frag ihn", sagte seine Schwester herausfordernd.
"Darauf wird es am Ende sowieso herauslaufen", fügte sie hinzu.
"Er fragte mich, was hinter der letzten Grenze des Lebens geschehen würde", sagte Arnulf dann.
"Er kann alles haben was er will, nur das letzte Geheimnis widersetzt sich ihm. Er erhofft sich von dir die Antwort!"

"Wenn du mir jetzt noch sagst, was er von diesem Baumeister will, bist du meine Lieblingsschwester." Er lächelte sie fröhlich an.
Sie sah ihn an, als ob sie auf eine Zitrone gebissen hätte.
"Danke, ich verzichte, finde es selbst heraus, Freiherr!"
"Oh, du weißt es nicht", stichelte ihr Bruder.
Hansen zog hinter seinem Rücken den Kopf ein. Er vermutete dass die Schamanin gleich in Zorn ausbrechen würde und furchtbare Flüche aussprechen könnte. Doch sie blieb gelassen.
"Es liegt an dir, diese Aufgabe zu lösen! Und es wird nicht einfach werden, du wirst bald noch Jemanden wie mich kennenlernen. Und diese Frau ist bei weitem nicht so freundlich wie ich!"
Seine Schwester war verärgert, stellte Arnulf fest. Aber wann war sie das nicht!
"Trägst du deine Pfeilspitze noch immer bei dir?" Der Fährtensucher sah seine Schwester erstaunt an und tastete unwillkürlich nach der Spitze, die dem Schamanen der Gnolls vor einiger Zeit den Tod gebracht hatte. Sie war an ihrem Platz! Er nickte zufrieden.
"Es kann sein, das du sie bald brauchst! Zögere dann keinen Augenblick, hörst du!"
Warum konnte seine Schwester nicht mal in einfachen Worten sagten, was sie meinte!
Er knurrte, doch die Schamanin der Berge war schon längst wieder verschwunden.
Hansen räusperte sich. "Sie ist so unheimlich, wie hältst du das aus?"
Arnulf winkte ab. "Sie macht immer alles komplizierter, als es am Ende ist", erwiderte er bloß.
"Wir sollten uns aber vorsehen, sie hat leider fast immer Recht", fügte er noch resignierend hinzu.

"Willst du wieder zurück zur Grenzwarte", fragte der Freiherr den alten Fährtensucher mit etwas Hoffnung in der Stimme. Denn er war offensichtlich unentschlossen, was er tun sollte.
"Auf keinen Fall. Der Oberst wird auf jeden Fall zu allem, was wichtig ist, zu spät kommen", sagte Hansen schnell. Das sah Arnulf genauso. Denn eigentlich hätten dessen Truppen schon längst in Bewegung sein müssen.
"Lass uns erst einmal zum alten Jagdschloss hinaufgehen. Von dort können wir sehen, wohin sich Akuma hinwendet", schlug Arnulf vor.
"Vielleicht gibt es dort einen kühlen Weinkeller", sagte Hänsen und rieb sich die Hände bei diesem Gedanken.
Es war ein überschaubarer Marsch. Von dort hatten sie die erste große Kreuzung des Grenzweges praktisch vor der Nase. Ein sanft ansteigender Weg führte hinauf zum Schloss, in der entgegengesetzten Richtung gelangte man direkt nach Ylstenbyrg. Die Entfernung konnte man in einer Tagesreise bewältigen.
Das Jagdschloss war schon seit seiner Kindheit ein beliebtes Ziel Arnulfs. Sein Vater hatte ihn eines Tages als ersten längeren Ausflug aus ihrem Heimatdorf dorthin geführt.
Sie hatten in dem längst aufgegebenen Schloss übernachtet. Arnulf hatte es als Kind nie verstanden, dass der neue König dieses schöne Gebäude einfach verfallen ließ. Sein Vater munkelte dann immer etwas von einer Familientragodie, ging aber nie ins Detail. Arnulf vermutete später, dass es einfach an den fehlenden Mitteln lag, es wieder herzurichten.
Vom Treppenturm konnte man weit ins Flachland sehen. An sonnigen Tagen war es sogar möglich, die Türme von Ylstenbyrg recht gut in der Ferne zu erkennen.
Sie überholten den Tross des Prinzen am Nachmittag. Dabei waren sie bemüht, sich nicht zu verraten. Es waren sicherlich auch einige Leute von Akuma am Berghang unterwegs.

Am frühen Abend erreichten sie das alte Jagdschloss.
Die Steinmauer, die das Areal umschloss, war an vielen Stellen schon einfach umgefallen. Die Einwohner die unten am Kreuzweg in ihren Hütten hausten, hatten sich an dem herumliegenden Baumaterial ausgiebig bedient.
Die Fährtensucher nahmen trotzdem den Weg durch den noch immer intakten Torbogen. Die Stallungen ließen sie rechter Hand liegen.
Die Eingangstür zum Hauptgebäude, früher mit sehr schönen Schmiedearbeiten verziert, war schon lange nicht mehr an ihrem Platz.
So gähnte ihnen ein dunkler Vorraum entgegen. Leise traten sie ein und sahen sich um.
Vorsichtig durchsuchten sie die Räumlichkeiten um die Treppe herum.
Hier wohnten gelegentlich Räuber und Wilderer für einige Tage. Sie fanden auch Reste von deren Malzeiten, aber die Feuerstellen im Küchenraum waren kalt, die Asche feucht.
Jemand hatte vorsorglich neben dem Kamin einige trockene Äste aufgestapelt.
Voller Erinnerungen stieg Arnulf den Treppenturm hinauf. Es war immer noch aufregend durch die schmalen Fenster in die Ferne zu sehen. Einige Aussichten waren inzwischen von jungen Bäumen verstellte, doch das störte ihn überhaupt nicht.
Hansen fühlte sich hier nicht wohl. Er kannte die Sage, dass hier die Geister von ermordeten Köchinnen in der Nacht herum spukten.
Sie sollten versucht haben auf Anweisung Hagenars den älteren Bruder, Wulfenghar, zu vergiften. Das mussten sie mit ihrem Leben bezahlen.
Der Anschlag wurde vereitelt und sie musste ihren eigenen giftigen Sud trinken. Hagenar wurde allen Prophezeiungen zum Trotz nicht

König von Bergisch-Bachland, nachdem sein Vater, der alte König, endlich gestorben war.
Sie suchten sich ein Zimmer, das sie zur Not auch durch das Fenster verlassen konnten. Akumas Späher würde dieses Gebäude gewiss nicht entgangen sein.
Am Abend sahen sie, wie nahe dem Kreuzweg ein Lager errichtet wurde. Es lag in einem Birkenwäldchen am Weg nach Ylstenbyrg. Die Fährtensucher konnten zusehen, wie Feuer nach und nach entzündet wurden. Bedienstete errichteten routiniert ein großes Zelt. Essen wurde erwärmt. Eine riesige Anzahl von dienstbaren Geistern umschwärmte den dritten Prinzen von Siltrien.
Es war ein kaum zu ertragener Luxus, der dort zelebriert wurde. Am späten Abend, als der Wind Musik zu ihrem Schloss herüber wehte, sahen sie einige Sardaner vor dem Gebäude auftauchen. Sie leuchteten alle Gefahren ignorierend mit ihren Fackeln umher und suchten einen Eingang.
Wollten sie gar das Schloss plündern?
Hier gab es schon lange nichts mehr zu holen. Unzählige Glücksritter waren schon in dem alten Gebäude gewesen und hatten alles mitgenommen was sich tragen ließ.
Die beiden Fährtensucher schlichen die knarrenden Treppenstufen höher. Sie hörten wie die Männer weiter unten das morsche Holz der Küchentür eintraten. Es splitterte und sie rissen die noch stehenden Küchenschränke auseinander. Sie hofften wohl auf einen gut versteckten Schatz. Arnulf hatte seinen Bogen vorsorglich in die Hand genommen.
Die Soldaten ein Stockwerk tiefer gingen Systematisch vor.
Es war nur noch eine Frage der Zeit, bis sie auf die Fährtensucher trafen.
Hansen zeigte sechs Finger. Arnulf nickte. Es stand also 1 zu drei. Aber sie hatten den Vorteil der Überraschung.

Es war inzwischen draußen Stockdunkel geworden. Man sah die Hand vor Augen nicht. Nur Akumas Feuer erhellten dort unten etwas den Kreuzweg.
Die Fährtensucher hielten die Luft an. Jeden Augenblick mussten die Männer ihr Zimmer erreichen.
Etwas knarrte unvermittelt hinter ihnen. Ein Stuhl, den sie übersehen haben mussten.
Arnulf drehte sich überrascht um.
Das hatte man auch ein Stockwerk unter ihnen gehört.
Flüstern, Waffen wurden verstohlen gezogen. Flackerndes Licht erhellte kurz das Treppenhaus.

Gefangen

Arnulf hatte nur kurz die Gelegenheit den Stuhl zu betrachten. Auf ihm saß eine Frau. Sie hatte eine merkwürdige Silhouette. Doch er musste seine Aufmerksamkeit wieder auf die Treppe richten, von dort drohte die größere Gefahr.
Zwei der fremden Soldaten spähten vorsichtig in das Zimmer. Sie hielten ihre Fackeln ins Zimmer, um etwas zu erkennen.
Die Frau auf dem Stuhl murmelte leise einige unverständliche Worte. Es klang nach der Sprache der Bergelfen.
Mit einer kleinen Handbewegung ließ sie die Fackeln erlöschen.
Das beunruhigte Arnulf, auch wenn es ihnen im Augenblick half.
Die Männer an der Treppe riefen ihren Kameraden etwas zu und zogen sich zurück. Sie hörten eilige Schritte hinunter rennen.
Ein fahles Licht erhellte daraufhin das Zimmer. Langsam drehten sich die beiden Fährtensucher um und sahen ihren Gast an.
Die Frau auf dem knarrenden Stuhl war eine alte Bergelfe mit strengen Gesichtszügen.

Sie war mit vielen Ketten behangen. Auf fast allen Fingern trug sie einen Ring. Diese Frau hatte etwas Unheilvolles in ihrem Blick, als sie die beiden Fährtensucher ansah.
Hansen versuchte die Treppe zu erreichen. Eine winzige Fingerbewegung von ihr ließ ihn jedoch erstarren. Er hatte ein angstverzerrtes Gesicht.
Arnulf blieb unbeweglich stehen. Alles was er hätte tun können, würde seine Situation nicht verbessern. Ihm blieb nur abzuwarten.
"Du bist der Mensch mit der weißen Strähne", stellte die Elfe mit rauer Stimme fest. Obwohl sie eine Elfe war, sprach sie nicht mit deren zum Teil unverständlichen Singsang die Menschensprache. Sie betrachtete Arnulf interessiert.
"Ich verstehe nicht, warum der fremde Mann so unbedingt dein Wissen erlangen möchte. Wir beide wissen doch, dass es hinter der Pforte nichts für die Lebenden gibt, das von Interesse sein könnte!" Sie lächelte wissend den Freiherren an. Ihm gefror das Blut in den Adern.
Woher konnte sie von seinem kurzen Besuch hinter der Grenze des Lebens wissen?
Eine Handvoll Elfenkrieger betrat nun ehrfurchtsvoll den Raum. Arnulf fragte sich kurz, was sie mit den Plünderern gemacht hatten. Aber es war ohne Belang. Die alte Elfe nickte mit dem Kopf zu Hansen. Zwei Männer schleppten ihn die Treppe hinunter. Er konnte sich immer noch nicht bewegen.
Arnulf sah seinen flehenden Blick, doch er konnte nichts für ihn tun.
Die Elfe sah ihn wieder an. "Der dunkle Mann will dich eintauschen." Diese Eröffnung ließ nichts Gutes ahnen.
Der Freiherr sah ihr an, dass sie anderes mit ihm vorhatte. Sie maß ihn mit einen gleichgültigen Blick. Er kam sich vor wie ein Käfer, den sie sogleich in einen Krug stecken würde, um ihn zu gegebener Zeit noch einmal zu betrachten.

In diesem Augenblick war sein Leben nichts mehr wert, war seine feste Überzeugung.
Die Elfenkrieger sahen ihn erwartungsvoll an; auch sie erwarteten, dass die Elfenhexe ihn mit einem Zauber belegte.
Mit einer fließenden Bewegung stand sie dann unmittelbar vor dem Fährtensucher. Arnulf schreckte etwas zurück.
"Ich bin Jildhrell, die schwarze Seele der Bergelfen. Hast du meinen Namen schon einmal gehört - vielleicht von deiner Schwester?"
Er konnte sich nach wie vor nicht bewegen, also blieb er ihr die Antwort schuldig. Sie ging langsam um ihn herum. Sie winkte einem der Elfen zu. Der gab ihr ein Seil. Von einer Handbewegung dirigiert schlang sich das Seil selbständig um Arnulf, so eng, das er kaum atmen konnte.
Er wurde dann recht behutsam in eine Ecke des Turmzimmers gelegt.
Arnulf war zornig auf seine Schwester. Sie hätte die zu erwartende Bekanntschaft etwas genauer beschreiben können. Er fühlte sich Gedemütigt. Trotzdem schlief er bald ein. Sein Körper sah das wohl als gute Gelegenheit, etwas vom ersehnten Schlaf nachzuholen.
Er wurde wieder wach, als er viele Männer mit schweren Schritten den Treppenturm heraufkommen hörte.
Der Fährtensucher versuchte sich etwas zu bewegen, denn seine Gliedmaßen fühlten sich taub an.
Arnulf war überrascht, als er die Elfenkrieger unruhig im fahlen Licht auf die Tür starren sah.
Jildhrell saß wieder unbewegt in ihrem Stuhl. Man konnte nicht erahnen, was in ihr vorging.
Einige schwer gepanzerte Soldaten traten in den Raum. Durch ihre bloße Anwesenheit wurden die Elfen an die Wand gedrückt.
Dann betrat der Prinz aus Siltrien den Raum. Er hielt ein Licht in der Hand und leuchtete damit jede Ecke des Zimmers aus.

Dann ging er auf Arnulf zu und nickte erfreut. Er legte ihm besitzergreifend seine fleischige Hand auf die Schulter. Er maß die Elfenhexe mit einem kalten Blick.
"Es sollte ein Tausch werden", erklärte die Elfenhexe ungehalten.
Akuma grunzte gleichgültig etwas Unverständliches und die Elfenkrieger an der Wand brachen tot zusammen.
Gleichgültig sahen die gepanzerten Soldaten auf ihre Opfer herab. Einer von ihnen schien die Kontrolle zu verlieren und ging plötzlich langsam selbst in die Knie. Er betrachtete verwundert das Blut, das an seiner Rüstung hinuntertropfte. Einer der Elfen hatte noch Zeit gehabt sich zu wehren.
Er stürzte kurz darauf schwer zu Boden. Niemand achtete darauf.
Jildhrell hatte einiges von ihrer Selbstsicherheit verloren. Sie sah abwartend zu Akuma hinüber.
"Du schuldest mir etwas", sagte sie mit finsterem Blick.
"Ich schulde hier niemanden etwas! Was ich einmal in meinem Besitz habe, bleibt auch in meinem Besitz!" Akuma sagte es so, dass dies als die endgültige Antwort zu verstehen war. Er ging mit hinter dem Rücken verschränkten Armen langsam auf sie zu.
Mit einer unscheinbaren Bewegung hatte er ein buntes Tuch in der Hand und wischte sich den Schweiß von der Stirn. Er hatte offensichtlich keinerlei Furcht vor der Elfenhexe.
Arnulf war gespannt. Natürlich konnte die Elfenhexe nicht so einfach aufgeben. Doch ehe sie etwas tun konnte schlug ihr Akuma mit ganzer Kraft ins Gesicht. Mit einem überraschten Aufschrei fiel sie vom Stuhl.
"Du hast Glück, ich bin im Augenblick guter Dinge! Heute wirst du nicht sterben!"
Er sagte es beiläufig im Hinausgehen. Was Arnulf überraschte, war, dass er die Menschensprache verwendet. Sollte er es auch verstehen oder beherrschte der Prinz die Sprache der Elfen nicht?

Zwei Soldaten hoben den verschnürten Fährtensucher auf und trugen ihn die Treppe hinab.
Der Freiherr hätte erwartet, dass der Wald von Bergelfen wimmelte. Doch er erkannte schnell den Grund, warum das nicht so war.
Der Pfad hinab zum Grenzweg war mit Holzwänden geschützt. Bogenschützen der Elfen hätten es nicht einfach, jemanden dahinter zu treffen. Reglos standen Soldaten in einer Reihe bis hinab zum Lager Akumas.
Arnulf war nun in der Hand des Prinzen von der anderen Seite der Welt. Er würde wohl ein Teil seiner Ausstellung werden, bald ausgestopft mit Stroh bis ans Ende der Zeit in einem Keller stehend, um irgendwann von Insekten bevölkert werden. Eines Tages würde er, zerfallen und unansehnlich geworden, von einem Diener weggeräumt werden.
Der Freiherr wurde in einen geschlossenen Wagen gestoßen. Ein großes Schloss schnappte zu. In seinem Gefängnis empfing ihn eine brütende Hitze. Er war allein und schwitzte schon nach wenigen Augenblicken am ganzen Körper.
Arnulf überlegte kurz, was aus Hansen geworden war. Er war sich sicher, dass er am Leben geblieben war. Hansen wäre nicht so lange Fährtensucher geblieben, wenn ihm nicht das Glück hold gewesen wäre.
Das Seil der Elfenzauberin widerstand seinen Befreiungsversuchen, mit seinem im Ärmel eingenähten scharfkantigen Stein. Wütend legte er sich wieder zurück. Er musste sich in Geduld üben. Das fiel mit tauben Gelenken nicht leicht.
Absurderweise kam ihm jetzt der Gedanke, vielleicht das Jagdschloss später wieder aufzubauen. Er musste mit seiner Frau darüber reden. Er würde ihr dann eines Tages die Ruine zeigen und sehen, was sie dazu sagte.

Aber vielleicht würde der König ihm noch einen Strich durch die Rechnung machen. Es gehörte schließlich zu seinen Liegenschaften.
Er wachte später benommen auf, sein Schädel dröhnte.
Durch die Spalten im Holz sah er Tageslicht hereinfallen. Er hatte wohl einige Stunden geschlafen. Er war steif wie ein Stock. Die Muskeln schmerzten. Er hoffte inständig, dass irgendein Ereignis ihn aus dieser Position befreien würde. Er versuchte sich hin und her zu rollen. Es machte aber nichts besser.
Natürlich fragte er sich die ganze Zeit über, was der Prinz für ein Interesse an ihm hatte. Ihm fiel nichts ein, was den Aufwand rechtfertigen würde. Die Geschichte, dass er von seinen Erlebnissen hinter der Grenze des Lebens hören wollte, fand er absurd.
Es dauerte noch eine kleine Unendlichkeit bis die Tür geöffnet wurde.
Ein grinsendes Gesicht erschien und fragte ihn etwas in einer unverständlichen Sprache. Dann lachte das Gesicht und die Tür schloss sich, um sogleich wieder geöffnet zu werden. Zwei kräftige Arme zogen ihn kurzerhand aus dem Wagen und er fiel unsanft zu Boden. Seine Beine gehorchten ihm noch nicht.
Das Seil, das ihn so lange peinigte, löste sich nun von allein und fiel ihm vor die Füße. Es bewegte sich plötzlich wie eine Schlange und war kurz darauf im Unterholz verschwunden.
Sein Wächter sah dem Vorgang überrascht hinterher und warf dann einen kritischen Blick auf dem Mann aus den Bergen. Dieser Vorgang war ihm nicht geheuer.
Er drehte Arnulfs Arme auf den Rücken und fesselte ihn erneut. Immerhin konnte Arnulf jetzt laufen.
Mit einigen groben Stößen wurde der Gefangene zu einem großen, farbenfrohen Zelt geführt.
Es roch schon von weitem nach Essen. Als Arnulf kurz darauf Kaffee roch, machte sein Magen einen Satz. Er ließ sich auf den erstbesten

Hocker fallen und sah seinen Wächter auffordernd an. Der grunzte ihn an und band seine Fessel sorgfältig auseinander. Der Wächter stellte sich demonstrativ hinter seinen Gefangenen, in seiner Hand ein kurzes Schwert.
Arnulf beachtete ihn gar nicht, er hatte sich mit seinen steifen Armen Kaffee eingegossen. Es ging einiges daneben, aber er übersah dies geflissentlich.
Nach einer viertel Stunde schnaufte er zufrieden. Erst jetzt sah er sich um.
Ihm gegenüber, einige Tische weiter saß ein Mann mit langem wallendem Bart. Er war nicht mehr jung und hatte um die Schultern einen recht zerschlissenen Umhang. Arnulf überlegte, ob er auch ein Gefangener war, er konnte jedoch keine Fesseln erkennen. Dieser Gast in diesem Zelt hatte offensichtlich nicht wahrgenommen, dass ein Gefangener hereingebracht worden war. Arnulf hatte genügend Muße ihn zu studieren. Aber erst als sich ihre Blicke kreuzten, stellte er fest, dass dessen Augen die eines Kindes waren.
Neugierig nahmen sie alles auf. Sein Blick blieb eine Weile an dem Gefangenen ein paar Tischer weiter hängen.
Schließlich stand er energisch auf und setzte sich wie ganz selbstverständlich zu Arnulf an den Tisch.

Das Problem des Baumeisters

Der Mann trug im Augenblick zwar keine Fesseln und schien aber doch der Gefangene zu sein, den er von der Grenzwarte aus gesehen hatte; damals mit einer langen Kette an den Füßen.
Er begrüßte den Fährtensucher, als sahen sie sich nach langer Zeit wieder.
"Du bist wohl der Baumeister, den mein König so schmerzlich vermisst", fragte Arnulf aus einem Impuls heraus.

Der Mann sah in erstaunt an.
"Bist du kein Gesandter oder Bote?"
"Ich bin eigentlich gekommen um dich zu holen, vorausgesetzt du bist Eukidemosz", antwortete der Freiherr müde und auch etwas gleichgültig. Der Baumeister sah Arnulf, ob dessen Situation, fragend an.
"Er wird mich nicht gehen lassen", erklärte der Baumeister dann, mit ein wenig Bedauern in der Stimme.
"Das glaube ich auch. Mich wird er auch nicht gehen lassen wollen!"
"Aber er ist ein sehr kultivierter Mann. Er ist in den Wissenschaften sehr bewandert."
"Also bist du freiwillig hier", stellte Arnulf fest. Eukidemosz sah ihn gequält an. Er kämpfte sichtlich mit sich.
"Es ist ein großes Vergnügen mit ihm über die Mechanik der Welt zu streiten, aber ich habe diesen Auftrag von deinem König, Wulfenghar hieß er doch wohl, angenommen und ich halte grundsätzlich geschlossene Verträge ein. Es ist mein oberstes Prinzip, Verträge einzuhalten. Aber jetzt bin ich in einer Gewissenskriese sozusagen. Dieser Akuma ist ein Mann mit ungeheuren Intellekt. Er beeindruckt mich. Ich weiß nicht was ich tun soll, ehrlich gesagt." Er hob hilflos die Arme und sah Arnulf ratsuchend an. Beide wussten sie, dass er gar keine Wahl hatte.
"Akuma hat dich doch nicht geholt, um mit dir zu plaudern. Er will doch etwas von dir wissen oder haben", vermutete der Fährtensucher leise. Intellekt hin oder her, es ging Akuma um handfeste Dinge!
Auch Eukidemosz senkte die Stimme. "Er will von mir einen Bauplan haben. Eines meiner früheren Werke, verstehst du?"
Arnulf nickte leicht. Sein Interesse war geweckt.
"Aber das kann ich nicht machen, es verstößt gegen alle meine Prinzipien, die Geheimnisse meiner Kunden zu verraten. Darauf

begründet sich mein Ruf. Ein Geheimgang muss immer ein Geheimgang bleiben, du verstehst? Auf diesem Geheimnis beruht die Sicherheit des Bankhauses Röger und Fahlglanz!"
Das verstand Arnulf sehr gut. Ansonsten würde der Baumeister keine Aufträge von den Königen und anderen Wohlhabenden dieser Welt bekommen und hätte am Ende noch Assassinen auf dem Hals. Verschwiegenheit war das oberste Gebot in seinem Gewerbe.
Alles bekam plötzlich einen Sinn.
"Er sucht also Schätze, an die er nicht ohne weiteres herankommt", stocherte Arnulf weiter. "Schlimmer, er will wissen, wie ich das unterirdische Labyrinth des Bankhauses Röger und Fahlglanz gesichert habe!"
Diesen Namen hatte Arnulf noch nie gehört und kam sich deswegen ziemlich dumm vor. Er zuckte mit der Schulter entschuldigend.
"Das kennst du nicht? Das Geldhaus steht in Wolfenheim", erläuterte Eukidemosz etwas gönnerhaft dem unwissenden Bergbewohner vor ihm. Er nickte ihm dabei lächelnd zu.
Der Freiherr hatte eine verschwommene Vorstellung wo diese Stadt liegen konnte. Wollte Akuma dorthin, müsste er wieder heraus aus Bergisch-Bachland. Das wäre eine gute Nachricht. Sie konnten ihn eventuell ganz ohne Kampf loswerden.
Der Baumeister ging langsam wieder zurück zu seinem Tisch und blinzelte dem Fährtensucher verschwörerisch zu. So eine Schauspielerei konnte Arnulf jetzt nicht gebrauchen, er verließ das Zelt. Sein Wächter folgte ihm gelassen.
Akuma sollte nicht ahnen, dass er den Baumeister für seinen König aus dessen Fängen befreien wollte.
Draußen legte der Wächter ihm wieder seine Fesseln an. Er führte ihn gemächlich zu seinem Wagen. Dabei kamen sie an einem Käfig vorbei, der vorhin noch nicht dort gestanden hatte. Der Käfig war

mit einem Tuch bedeckt, das der warme Wind aber bald forttagen würde.
So konnte Arnulf aus den Augenwinkeln heraus wahrnehmen, dass darin eine gefesselt Frau saß.
Sie sah den vorübergehenden Fährtensucher mit finsteren Blick an; unwillkürlich lenkte sie so seinen Blick zu ihr. Es lief ihm kalt über den Rücken.
Es war Jildhrell die Hexe der Bergelfen. Wie Akuma sie hatte fangen können, war ihm ein Rätsel. Dieser Akuma schien Macht über alle Dinge hier zu haben. Aber vielleicht wollte er ja genau diesen Eindruck erwecken.

Arnulf fand sah sich gleich darauf wieder eingeschlossen in seinem Gefängnis. Seine Hände wurden wieder gefesselt. Diesmal war es aber nicht das Seil der Elfenhexe, das ihm in die Haut schnitt und seine Adern zusammenpresste. Mit diesem ganz normalen Hanfseil hatte er keine Probleme. Die Fasern ließen sich mit seinem Stein einfach und recht schnell durchtrennen.
Er versuchte seine Gelenke so gut es ging beweglich zu machen. Dann schüttelte er seine Hände um das Blut wieder zirkulieren zu lassen.
Um keine Geräusche zu verursachen bewegte er sich langsam. Ausgiebig untersuchte Arnulf die Tür. Von innen war sie nicht zu öffnen, das stand fest.
Seine Aufmerksamkeit richtete sich auf das Dach. Es war solide und mit den bloßen Händen nicht aufzubrechen. Mürrisch knurrte er das Holz an, dort würde er nicht herauskommen.
Nach einer Pause untersuchte er etwas entmutigt den Boden seines Gefängnisses.

Der Erste, der hier auf ein ungewisses Schicksal wartete, war Arnulf auf keinen Fall. Er sah einige tief in den Boden geschlagene Abdrücke, aber auch Risse im Holz, die von langen Krallen stammen mussten. Er konnte sie keinem Wesen zuordnen.
Arnulf musste irgendwie hier dringend heraus. Er litt an der stehenden Hitze hier drin. Es war ihm, als säße er in einem Backofen.
Arnulf sah nur eine schwache Möglichkeit. Mit seinem Stein bearbeitete er die Planke mit den tiefsten Einkerbungen. Mit Langmut vertiefte er die Risse im Holz. Schweißperlen rannen ihm über das Gesicht. Sein Hemd klebte am Rücken. Trotzdem gelang es ihm nach und nach die Risse im Holz weiter auszuhöhlen.
Die Späne schob er sich in die Tasche, falls einer der Wächter einen Blick zu ihm hineinwarf, sollte er nicht sofort sehen was er hier tat. Geduldig musste er auf seine Gelegenheit warten, als er einen Balken endlich fast durchhatte.
Es brauchte mehrere Stunden, bevor sich ein günstiger Moment anbot. Zwischendurch fiel er in einen kurzen Halbschlaf. Der Schweiß klebte überall an ihm, als er immer wieder kurz erwachte. Unvermittelt waren ein Stück neben ihm Rufe zu hören. Der Fährtensucher schreckte aus seinem unerquicklichen Dämmerzustand hoch und lauschte aufmerksam. Es dauerte eine Zeit, bis er richtig wach war und sich zusammenreimen konnte, was vor dem Wagen geschah.
Eilig liefen einige Soldaten an dem Wagen vorbei. Er hörte ihre Rüstungen klappern beim Laufen. Nicht weit entfernt waren wenige Augenblicke später Schmerzensschreie zu hören.
Noch mehr Männer strömten zu dem Ort. Arnulf vermutete den Käfig der Elfe als Objekt der Aufregung. Das war seine Gelegenheit! Der Freiherr trat mit aller Kraft die Planken entzwei und zwängte sich mühsam durch das entstandene Loch. Er zog sich einige Risse in seiner Kleidung zu.

Flach unter dem Wagen liegend orientierte er sich. Ein naher Busch bot ihm Deckung.
Niemand nahm Notiz von seinem Ausbruch. Alle Augen waren auf den Käfig mit der Elfenhexe gerichtet. Ihm wurde ständig schwindelig, denn sein Kreislauf musste erst wieder in Schwung kommen.
Rings herum wurden die Rufe lauter. Weitere Soldaten und Diener rannten zu dem Käfig der Elfenhexe. Sie versuchten mit langen Spießen die Elfe in die Enge zu drängen. Sobald sie jedoch die Waffen durch die Gitter gesteckt hatten bogen sie sich wie nasse Äste oder verbrannten sogar.
Die Hexe lachte höhnisch über die Ohnmacht der Wächter. Einige Armbrustschützen legten auf sie an, doch mit einer Handbewegung lenkte sie die tödlichen Pfeile in Richtung Himmel.
Arnulf durchsuchte eilig die Zelte des Lagers, um den Baumeister zu finden. Dabei sammelte er alle irgendwie brauchbaren Waffen ein. Langsam legte sich der Schwindel, der sich seiner bemächtigt hatte. Er wäre jetzt aber immer noch nicht in der Lage, gegen einen von Akumas Soldaten zu kämpfen, erst langsam kam er wieder auf die Beine. Er goss sich den Inhalt eines herumstehenden Eimers über den Kopf. Der Gestank war furchtbar, er wollte lieber nicht wissen was in diesem Eimer befunden hatte.
Unbeirrt setzte er die Suche fort.
In einem kleinen unscheinbaren Zelt, das etwas Abseits im Schatten eines Baumes stand, wurde er schließlich fündig.
Eukidemosz saß an einem groben Tisch und hatte Rollen vor sich, die er ohne auf den Trubel draußen zu achten konzentriert studierte. Einige Bedienstete beobachten ihn dabei. Sie gaben sich den Anschein, nicht wie seine Wächter auszusehen. Ein Jeder trug jedoch Waffen. Zwei konnte der Fährtensucher betäuben bevor sie seiner gewahr wurden und aufsprangen.

Der Baumeister sah erstaunt auf. Arnulf kämpfte sich zu ihm durch und zerrte ihm von seinen Tisch weg. Wiederstrebend fügte sich Eukidemosz und kam schließlich auf eigenen Füßen mit.
"Er wird uns einfangen und foltern", rief der Baumeister besorgt.
"Akuma hat im Augenblick andere Probleme, glaub mir!"
"Aber meine Diener müssen wir mitnehmen, sie sind unentbehrlich für meine Arbeit! Was ist das für ein Gestank, den du mitgebracht hast?"
Der Fährtensucher reagierte nicht und zog den zaudernden Mann energisch aus dem Zelt. Hinter ihnen waren leise jammernde Rufe von seinen Dienern zu hören. Sie wollten nicht von ihrem Meister zurückgelassen werden.
Arnulf musste noch zwei Wachen aus dem Weg räumen, die auf ihn aufmerksam geworden waren. Danach hatten sie den Wald erreicht und stiegen den Hang hinauf.
Er musste dabei den Baummeister energisch hinter sich herziehen, denn solcherart Klettertouren gingen über seine Kraft. Er wimmerte dabei leise vor sich hin. Der Fährtensucher musste andauernd anhalten, damit sich der Baumeister den Schweiß aus Gesicht und Nacken wischen konnte.
Aus sicherer Entfernung warf Arnulf einen Blick auf die Szenerie unter ihnen am Grenzweg.
Die Elfenhexe machte ein finsteres Gesicht und schleuderte die Soldaten mit kleinen Handbewegungen zu Boden. Aber sie konnte ihren Käfig aus irgendeinem Grund nicht öffnen.
Es schien ein Zauber auf dem Schloss ihres Gefängnisses zu liegen.
Arnulf stieß den Baumeister in ein dichtes Gebüsch, er hatte einen Entschluss gefasst.
"Du rührst dich hier nicht weg! Und ich will keinen Ton von dir hören", herrschte er den Mann grob an. Eukidemosz war zu überrascht um etwas zu entgegnen. Stumm nickte er nur und sah

sich ängstlich um. Dann setzte er sich seufzend hinter ein Gebüsch. Dort lehnte er sich nach Atem ringend an einen Baumstamm.
Arnulf eilte den Hang wieder hinab und mischte sich unten zwischen die Soldaten, die um den Käfig standen. Er hatte keine Erklärung, warum er diese Gefahr jetzt auf sich nahm. Kurz hatte er die Eingebung, dass dies gar nicht seinem eigenen Willen entsprungen sei, doch für Zweifel hatte er jetzt keine Zeit.
Unten am Weg angekommen lief er geradewegs zu dem Käfig, in dem die Elfenhexe gefangen war. Unauffällig schlug er mit der flachen Seite des Schwertes gegen das Gitter. Es musste ein hartes Eisen oder ähnliches sein. Es blieb also nur das Schloss.
Keiner von Akumas Soldaten schien ihn zu bemerken, oder sein auftauchen ungewöhnlich zu finden.
Die Bergelfe hatte ihn jedoch sehr wohl bemerkt und schleuderte einen blendenden Lichtball auf ihre Peiniger. Das verschaffte den Fährtensucher etwas Zeit.
Arnulf versuchte ruhig zu bleiben, um das Schloss mit einem schmalen Dolch zu öffnen. Erst nach langen Mühen sprang der Riegel auf und die Tür öffnete sich sehr langsam.
Gebannt blieben die Soldaten um den Käfig stehen. Sie konnten sich offensichtlich nicht bewegen.

Der Tanz der Elfenhexe

Jildhrell fuhrte einen skurrilen kleinen Tanz auf und stand dann an der offenen Tür. Sie bedachte den Fährtensucher mit keinem Blick.
Arnulf verschwand so schnell er konnte im Wald. Was jetzt folgte, erforderte nicht weiter seine Anwesenheit, er würde vielmehr stören.
Eilig stieg er wieder dem Hang zum Baumeister hoch. Eigentlich wollte er gleich mit ihm noch höher in die Berge fliehen. Doch die beiden waren gebannt von dem Schauspiel unten in Akumas Lager.

Die Elfenhexe hatte schon ein Dutzend Männer zu Boden gestreckt. Angstvolle Schreie gingen durch die Reihen der Soldaten. Sie hatten nichts um Jildhrell zu bekämpfen. Ihre Pfeile und Speere konnten sie nicht verletzten. Doch die Kämpfer konnten offensichtlich auch nicht fliehen, während Jildhrell sich ihren Weg durch die Reihen der Männer bahnte. Sie hatte ein ganz bestimmtes Ziel.
Prinz Akuma hatte das erkannt und stellte sich mit seiner massigen Gestalt ihr in den Weg. Er wischte sich schnell mit einem Tuch den Schweiß von der Stirn. Ärger stand ihm ins Gesicht geschrieben. Er war nicht auf solchen Widerstand vorbereitet.
Er hatte keine Angst vor der Elfenhexe, seine Leibwache aber schon. Die gepanzerten Männer wichen langsam zurück. Ihr Herr knurrte einen Befehl und sie blieben unsicher stehen.
Akuma hob indessen eine merkwürdig geformte Armbrust und legte einen Pfeil mit einer dicken Spitze ein. Er zielte seelenruhig auf die Elfe, die ohne Eile weiter auf ihn zuging.
Als Akuma den Abzug betätigte, machte sie nur eine Handbewegung und auch dieser Pfeil jagte hoch in den Himmel. Dann gab es einen großen Knall und ein Zelt in der Nähe fing an zu brennen.
Widerstrebend und etwas überrascht wich Akuma zurück. Auf diese Art von Widerstand war er bislang noch nicht gestoßen. Jildhrell ging einfach an ihm vorbei und steuerte auf einen seiner Wagen zu. Die Bediensteten, die sich dahinter verbargen, flohen kreischend in den Wald.
Die alte Elfe kletterte erstaunlich flink in den Wagen und blieb dort eine Weile.
Indessen hatte der Prinz sich von seiner Überraschung erholt und versuchte seine Soldaten auf die Hexe zu hetzen. Sein Gesicht schien dabei die Farbe zu wechseln von hellem Braun zu schwarzrot. Er musste furchtbar wütend sein, denn die Männer bewegten sich nur zögerlich auf die Bergelfe zu.

Sie hatten berechtigte Angst vor ihr. Niemand der schwer bewaffneten Soldaten wollte ihr zu nahe kommen.
Akuma erschlug wutentbrannt einige seiner Getreuen. Trotzdem setzten sie sich nur widerstrebend in Bewegung. Ein Stück vor dem Wagen blieben sie abwartend stehen. Hineinklettern würde aus freien Stücken niemand von ihnen.
Die Hexe entstieg etwas später wieder dem Wagen. Ihrem Gesicht konnte man nicht ansehen, was sie dachte oder fühlte, als sie sich einer Wand aus schwer gepanzerten Soldaten gegenübersah.
Sie trug einige Gegenstände in der Hand. Dann stieß Jildhrell einen schrillen, unverständlichen Ruf aus.
Wie von Zauberhand standen plötzlich dutzende Elfenkämpfer ihr zur Seite. Sie waren dem Ruf ihrer Hexe gefolgt.
Die Angreifer bahnten ihr einen Weg durch die immer noch zaghaften Soldaten Akumas. Dabei hatten auch sie einige Verluste zu beklagen. Doch die Bergelfen erreichten bald den Wald, wo sie schnell, kaum mit den Augen zu verfolgen, verschwanden.
Prinz Akuma stand eine Weile fassungslos da. Er schien das Geschehene erst einmal verarbeiten zu müssen. Schließlich überwältigte ihn die Wut und er erschlug zwei seiner Leibwächter. Er brüllte unmenschlich, voller Zorn in die Berge hinauf. Nur ein leises Echo antwortete ihm.
Die Sardaner wurden gerufen. Sie nahmen auch sofort die Verfolgung auf. Doch sie mussten ihre Pferde am Zügel langsam den Hang hinaufführen. Hier waren die Bergelfen klar im Vorteil und das nutzten sie weidlich aus.
Die Sardaner verloren in der nächsten Stunde viele Männer ohne etwas auszurichten. Die zurückgebliebenen Pferde standen allein im Bergwald herum. Einige stürzten die Hänge hinab.
Arnulf war jetzt auch auf der Flucht vor beiden Parteien. Er wollte sich zur Grenzwarte durchschlagen. Doch in der zunehmenden Dunkelheit kam er mit dem Baumeister nur sehr langsam vorwärts.

Eukidemosz stellte sich furchtbar ungeschickt an und machte dabei auch noch furchtbaren Lärm. Der Freiherr war bald mit seiner Geduld am Ende.
Arnulf erwartete jeden Augenblick auf Bergelfen zu treffen. Sie konnten jedoch unbehelligt den Weg zum Kamm hinaufnehmen. Die Kondition des Baumeisters ließ jedoch immer mehr zu wünschen übrig.
Als Eukidemosz, völlig außer Atem, den Turm der Grenzwarte beim letzten Licht des Tages gewahr wurde, begann seine Stimmung sich aufzuhellen. Plötzlich konnte er sich wieder etwas schneller bewegen. Er sehnte sich danach, wieder ein kleines bisschen Zivilisation um sich zu haben. Ein Dach über dem Kopf und ein Abendmahl in einer Halle einzunehmen, das war im Augenblick sein einziger Wunsch. Der Baumeister hatte viele Tage auf Pferdewagen verbracht und in zugigen Zelten geschlafen. Das wüste Durcheinander der Natur war ihm ein Gräuel.
Auch Arnulf war zufrieden, als sie auf einige Wachposten trafen, wenigstens waren sie eine kurze Zeit lang in Sicherheit.
Akuma würde sicher nicht ruhen, bis er den Baumeister wieder in seiner Gewalt hatte. Er war keiner, der etwas von seinem Eigentum wieder hergab, das er schließlich selbst gesagt. Noch dazu hatte er die Geheimnisse des Bankhauses vom Baumeister noch nicht erfahren.

Sie erreichten den Kamm oberhalb der Grenzwarte am frühen Abend.
Der Freiherr bereitete die Wachen dort auf das baldige Auftauchen von Akumas Soldaten vor.
Die Männer sahen sich unbehaglich um. Sie hatten gehofft, dass der Kampf in der Nähe des alten Jagdschlosses stattfinden würde,

da der fremde Mann dort am Kreuzweg sein Lager aufgeschlagen hatte. Das war immerhin eine gute Stunde Fußweg weg.
Arnulf brachte den Baumeister zu der steile Stiege, die zur Warte hinabführte. Er musste ihn fast mit Gewalt zwingen die schmalen Stufen herunterzusteigen. Der Meister hatte Angst, denn neben den steinernen Stufen ging es steil in die Tiefe.
Der Baumeister wetterte gegen dieses selbstmörderische Vorhaben. Er schwor, völlig durchgeschwitzt am Tor angekommen, dass er nicht eher das Schloss für die Königin bauen würde, bis diese lebensgefährliche Treppe von ihm umgestaltet sein würde.
Arnulf lächelte in sich hinein. Der Mann würde sich auch nichts vom König oder seinen Lakaien sagen lassen. Es würde eine interessante Zeit auf den König zukommen, falls sie Akuma überlebten.
Sie wurden am hinteren Tor von Unterleutnant Trömso empfangen. Er musterte den Baumeister eingehend. Wegen diesem Mann mussten sie alles was bisher geschah erdulden! Als ihm der Fährtensucher auch noch erklärte, dass Akuma hier sicherlich bald auftauchen würde, musste er sich sehr beherrschen um den Baumeister nicht einfach von den Zinnen zu werfen.
Als erstes musste der Baumeister aus dem Blickfeld verschwinden. Trömso führte ihn in den Vorratskeller. Er postierte vor der Tür eine zuverlässige Wache.
Eukidemosz protestierte zwar heftig, wurde aber angesichts der Vorräte und Getränke etwas friedlicher.
Er schenkte sich einen großen Humpen ein und inspizierte das vorhandene Angebot.
Arnulf hatte die Hoffnung, dass der Baumeister gleich am nächsten Morgen nach Sonnenfeld gebracht wurde und somit vorerst aus Akumas Reichweite verschwand.
Er empfahl dem Unterleutnant sogleich einen Boten zu entsenden um den Abtransport schnellstens zu organisieren.

Arnulf bekam wieder sein Turmzimmer für die Nacht. Er richtete sich notdürftig ein. Beim Einschlafen kam ihm noch der Gedanke, das Morgen wohl der entscheidende Tag werden könnte, an dem sich das Schicksal von Bergisch-Bachland entschied. Ehe er sich jedoch einen Plan über sein weiteres Vorgehen ausdenken konnte, wurde er vom Schlaf übermannt.

Beim Anbruch des nächsten Tages war er schon wieder auf den Beinen.
Die Luft war noch angenehm frisch.
Er befahl dem Wachhabenden einige Kundschafter loszuschicken.
Er wollte sehen, was sich auf dem Grenzweg tat und wo sich der Oberst mit seiner Schar befand.
Arnulf selbst stieg die Stiege an der Grellwand hoch, um sich von dort oben ein Bild zu machen. Eigentlich erwartete er dort schon die ersten Sardaner oder sogar Soldaten von Akuma zu sehen.
Die Wachen hatten aber noch nichts Besorgniserregendes bemerkt.
Trotzdem wirkten sie angespannt. Arnulf wollte einige Männer gegen den Willen des Unterleutnants mitnehmen. Der Offizier brauchte hier jeden Mann, argumentierte er. Das ließ Arnulf aber nicht gelten.
Er nahm zwei Männer mit und ging in Richtung Jagdschloss los.
Sie brauchten nicht lange, um auf einige Sardaner zu stoßen. Die Kämpfer gingen diesmal viel vorsichtiger vor. Sie hatten doch etwas aus den letzten Tagen gelernt. Sie suchten wahrscheinlich einen Weg, um den Baumeister zurückzuholen. Akuma war sicherlich sehr aufgebracht darüber, diesen Mann verloren zu haben.
Arnulf schoss zwei Signalpfeile ab, dann zogen sie sich behutsam zurück. Seine beiden Begleiter wurden immer schneller auf dem Heimweg, so dass er kurz darauf allein zur Warte lief.

Er hatte plötzlich eine Ahnung, dass jemand auf ihn wartete. Er sah sich suchend um.
Ihre Anwesenheit spürte er, bevor er sie sah!
Jildhrell stand neben dem Weg und sah ihn abwartend an. Ihre Silhouette verschmolz mit dem Wald hinter ihr, das man nicht sagen konnte, ob sie ein Teil des Waldes war oder gar der Wald selbst.
Ihrem Blick konnte er nicht entnehmen, ob sie ihn etwas antun wollte oder nicht. Er blieb mit etwas Abstand vor ihr stehen. Der Fährtensucher nahm aus den Augenwinkeln eine ganze Anzahl kaum sichtbarer Elfenkrieger wahr. Auch sie waren praktisch nicht von dem Wald zu unterscheiden.
"Du bist ein merkwürdiger Mensch, das weiß ich von deiner Schwester."
Sie sprach "Schwester" mit einer merkwürdigen Betonung aus. Obwohl der elbische Spracheinschlag das sehr interessant klingen ließ, begriff er, dass die beiden sich nicht sonderlich wohlgesonnen waren. Sie waren sich wohl zu gleich, das konnte natürlich nicht gut gehen.
"Aber du hast mir ohne zu zögern geholfen. Ein Gefallen ist eines anderen Gefallen wert", fuhr sie fort.
Sie bewegte kaum merklich ihre Finger. Ein Elfenkrieger schob den arg zerschundenen Hansen auf den Weg. Fesseln wurden ihm abgenommen. Der alte Fährtensucher hatte ganz offensichtlich keine gute Zeit gehabt. Er lebte aber immerhin. Wie er in die Gefangenschaft der Elfen geraten war würde er sicherlich später erfahren.
"Das hier ist unser Wald! Wir kümmern uns um diese Wilden mit den Bildern am Kopf, die tönernen Soldaten des dunklen Mannes sind euer Problem", sagte sie mit einiger Emotion. Sie bedachte den Freiherren mit einem Blick, aus dem er nicht schlau wurde.

Im nächsten Augenblick waren die Elfen schon zwischen den Bäumen im morgendlichen Licht verschwunden. Arnulf sah sich wachsam um. Doch sie schienen allein zu sein.
Er winkte Hansen und sie gingen schweigend in Richtung Warte. Der alte Hansen würde irgendwann von sich heraus anfangen zu reden, wenn er so weit war.
Der Freiherr hatte so Muße darüber nachzudenken, was die Elfenhexe mit den tönernen Soldaten gemeint hatte.
Im Sinne des Wortes waren sie dann also keine Menschen aus Fleisch und Blut? Am Ende hatte Hansen vielleicht Recht gehabt, wenn er Akuma Steine als Soldaten angedichtet hatte.
Oben auf der Grellwand angekommen hörten sie Tumult vom Grenzweg her. Durch die Bäume konnten sie nicht viel sehen. Reiter flüchteten eilends in Richtung Grenzwarte.

Der Angriff

Angstvolle Schreie drangen zu den beiden Fährtensuchern hoch. Wenig später standen sie über einer Schneise, die durch Steinschlag entstanden war. Die Bäume waren gebrochen. Sie sahen Soldaten mit ihren Bögen schießen.
Dann hörten sie ein gleichmäßiges Stampfen. Sie fühlten unter ihren Füßen den Boden im Rhythmus des Marsches vibrieren. In perfekt ausgerichteten Reihen sahen sie Gestalten, die sich wie Puppen bewegten, auf die Männer dort zumarschieren. Sie hinterließen tiefe Spuren auf dem Weg. Diese merkwürdigen Kämpfer mussten einiges Gewicht haben.
"Unsere Pfeile zerbrechen einfach", erklärte Hansen mit rauer Stimme und wies zum Weg hinunter. Die Pfeile zersplitterten einfach beim Auftreffen auf die unheimlichen Krieger. Es war zwecklos so gegen diese gepanzerten Soldaten zu kämpfen.

Die erste Reihe dieser Soldaten schwangen große Streitkolben im Rhythmus des Marschierens.
Arnulf sah sich hektisch um, es musste doch etwas geben, um den Vorstoß aufzuhalten!
Sein Blick fiel auf einen größeren Felsen. Die beiden Fährtensucher konnten ihn vielleicht mit etwas Mühe bewegen. Er nahm einen stabilen Ast und hebelte mit ihm an dem Felsen. Hansen stemmte sich mit dem Rücken gegen den Fels. Handbreit für Handbreit schoben sie ihn zum Rand der Grellwand. Das schien eine Ewigkeit zu dauern.
Dann rutschte er, anfangs quälend langsam, über den Rand und fiel springend zu Boden und riss weitere kleinere Felsen mit sich. Eine wachsende Steinlawine wälzte immer schneller hinunter zum Grenzweg und zerschmetterte alles was sich in den Weg stellte.
Die vorwärts stampfenden Soldaten achteten erstaunlicherweise überhaupt nicht auf die Gefahr, die auf sie zurollte. Die Kolonne marschierte einfach stur geradeaus weiter.
Die Marschformation wurde in wenigen Augenblicken von den Felsen zersprengt, die von der Seite in die Formation hineinbrachen.
Die beiden Fährtensucher konnten staunend mit ansehen, wie die Soldaten wie Tonvasen zersplitterten und umfielen. Von ihnen blieben nur Scherben übrig. Die nachrückenden Reihen kamen ins Straucheln und einige fielen zu Boden, ohne sich wieder aufrichten zu können. Sie wurden von den nachfolgenden Soldaten in viele Stücke zertreten.
Der Marsch der tönernen Soldaten kam schließlich wie durch einen geheimen Befehl zum Stehen.
Jetzt kamen Männer aus Fleisch und Blut den Grenzweg hinauf gelaufen um die Reste aus der Bahn zu räumen. Größere Stücke zerschlugen sie mit einfach mit einem Hammer.

Arnulf nahm einen Bogen von der Schulter und beschoss sie. Er traf trotz der Entfernung zwei Männer. Durch den Beschuss verzögerten sich die Aufräumarbeiten beträchtlich.
Hansen, ohne Waffen, hinkte los um Verstärkung zu holen. Arnulf verschoss seine Pfeile und warf dann mit Steinen. Einige Bogenschützen Akumas sammelten sich unter ihm am Grenzweg und erwiderten den Beschuss.
Es dauerte noch einige Zeit bis eine Handvoll Soldaten von der Warte eintrafen. Sie griffen sofort in den Kampf ein. Akumas Soldaten sahen sich nun einem schweren Pfeilhagel ausgesetzt. Ihnen blieb nichts weiter übrig, als sich zurückzuziehen.
Arnulf konnte mit ansehen, wie die schwere Reiterei nun angriff. In der zweiten Reihe warfen einige Reiter mit diesen neuen Bomben, die der Zauberer Brolingard für sie hergestellt hatte.
Sie warfen sie im Galopp in Richtung der Tonsoldaten und drehten dann sofort um. Die Explosionen ließen nur Splitter von den vordersten Reihen der Angreifer zurück.
Schwerfällig wendeten die Reste der Angriffsformation. Der Boden bebte unter den kleinen Schritten. Es dauerte eine Weile bis sie sich um die eigene Achse gedreht hatten und zurückmarschieren konnten.
Die Bogenschützen neben Arnulf jubelten. Für den Freiherren war jedoch klar, dass dies nur ein Sieg auf Zeit gewesen war. Sie mussten den Kopf dieser Armee fassen. Akuma würde nicht einfach aufgeben. Er würde wohl all seine Macht einsetzten, um hier den Sieg davonzutragen.
Der von Wulfenghar geschickte Oberst erreichte mit den Resten seiner Streitmacht die Grenzwarte. Seine Männer hatten Akumas Lager unterhalb des Jagdschlosses zwar erreicht, waren aber dort zurückgeschlagen worden. Er hatte viele Verletzte und eine Anzahl von Toten zu beklagen. Erst als der Vormarsch der Tonsoldaten auf

dem Weg zum Stehen gekommen war, konnte der Oberst sich schnell zurückziehen und erreichte über Umwege die Grenzwarte. Von seinem überheblichen Getue war nichts mehr übrig.
Schweigend bahnte er sich den Weg in sein Quartier.
Ein Koch fand ihn später am Tage sturzbetrunken im Weinkeller.

Unterleutnant Trömso sah Arnulf erwartungsvoll an. Von dem Oberst hatten sie vorerst nichts zu erwarten.
"Wir brauchen mehr Leute und einen Feldscher, der sich um die Verletzten kümmert!"
Trömso nickte eifrig und wartete weiter. Arnulf seufzte. "Sende einen ausgeruhten, zuverlässigen Boten zum Vogt. Er soll uns schicken was er zur Hand hat!"
Der Unterleutnant verschwand wie der Blitz. Und einige Minuten später sah Arnulf aus dem Fenster einen Reiter mit klappernden Hufen über den Hof der Warte zum Tor hetzen.
"Stell deine neue Pfeilschleuder auf dem Weg auf und lasse sie gut schützen", war seine nächste Order an Trömso, als er wieder zurückgekehrt war. Augenblicklich drehte er auf dem Hacken um und verschwand wiederum auf dem Hof der Warte.
Der Freiherr suchte Hansen auf. Der alte Fährtensucher sah jetzt wieder etwas besser aus.
"Wir müssen den Weg blockieren, wir brauchen Baumstämme und viel Wasser!"
Arnulf sah Hansen an und wartete auf dessen Antwort. Der alte Fährtensucher sah sinnierend in die Runde. Er machte eine unbestimmte Handbewegung und strich sich über sein dünnes graues Haupthaar.
"Wir könnten vielleicht den Kurzbach umleiten, der ist nur eine Viertelstunde entfernt. Baumstämme auf den Weg legen können

die Soldaten wohl allein", antwortete Hansen grantig. Er warf einen Blick in den wolkenlosen Himmel.
"Ist das jetzt dein Feldzug, Freiherr?" Er sah Arnulf abwartend an und stopfte sich eine Pfeife.
Arnulf verneinte energisch.
"Ich hatte kurz diesen Gedanken. Eigentlich bist du hier im Augenblick der einzige Hochrangige Soldat", erklärte der alte Fährtensucher etwas belustigt. Er blinzelte Arnulf zu. So hatte der Freiherr das noch nicht gesehen.
Innerlich stöhnte er auf, denn sein neues Leben als Freiherr hatte er sich bestimmt nicht so vorgestellt.

Am nächsten Morgen war der Grenzweg ein Stück überflutet. Baumstämme lagen kreuz und quer in dem entstandenen Morast. Es war ein Stück harter Arbeit in der Nacht gewesen den Kurzbach umzuleiten. Die Hälfte der Besatzung der Grenzwarte war an den Arbeiten beteiligt gewesen. Erst im Morgengrauen waren die Soldaten erschöpft in ihre kleine Festung zurückgekehrt. An Ruhe war leider nicht zu denken.
Die Wache von der Grellwand schickte einen Mann zur Warte hinab. Arnulf wurde dringend dort oben auf dem Kamm erwartet. Arnulf seufzte und stieg zügig die Stiege hoch. Auch er war müde und sah übernächtigt aus. Verschwitzt stellte er sich vor die Soldaten und sah sie abwartend an.
Sie bemühten sich neutral auszusehen. Mit einem leichten Nicken lenkte ein Korporal seinen Blick in die gewünschte Richtung und zogen sich weiter zurück. Arnulf glaubte seinen Augen nicht zu trauen. Auf einer Decke lag der Erste Sekretär. Er sah arg mitgenommen aus und schien besinnungslos zu sein. Als er den Freiherren erkannte, erhob er sich halb und sah ihn flehend an.

Er wollte nicht hier sein. Er sollte nicht hier sein. Das war ganz klar zu erkennen.
Mit einer Handbewegung forderte Arnulf ihn auf zu sprechen.
"Der König kann dir keine weiteren Truppen schicken!"
Arnulf sah ihn fragend an und machte eine ungeduldige Handbewegung. Der Sekretär erhob sich halb, er war ein Bild des Jammers.
"Das Sonnenfeld wird auch belagert! Hagenars Männern stehen vor dem Tor. Sie haben auch einige Gnolls in ihren Diensten! Die schwere Reiterei soll wieder zurückkehren! Schnell zurückkehren!"
Wie verzweifelt musste der König sein, wenn er diesen in Ungnade gefallenen Mann schickte. Er konnte sich seiner Männer bei Hofe wohl nicht mehr sicher sein. Aber vielleicht wollte er diesen Mann auch nur auf diese Art loswerden.
Hagenar wollte also die missliche Lage seines Bruders gnadenlos ausnutzen.
Arnulf hoffte, dass wenigstens der Vogt noch auf der Seite des Königs stand. Sonst war auch der Kampf hier an der Grenzwarte ziemlich sinnlos.
Er brachte den Sekretär die schmale Stiege hinunter zur Warte. Der Sekretär war steif vor Angst.
Arnulf befahl einem Unteroffizier sich um den erschöpften Mann zu kümmern. Er sollte ihn aber auch nicht aus den Augen lassen. Trauen konnte man ihm trotz seines Zustandes nicht! Er musste wie ein Gefangener behandelt werden, bis Arnulf anderes beschloss.
Der Unterleutnant war sichtlich aufgeregt als er wieder bei dem Freiherren erschien.
Trömso stellte sich stramm vor den Freiherren und hörte ihm aufmerksam zu. Als erstes mussten sie feststellen, wie viele Männer sie zur Verfügung hatten.

Es wäre natürlich auch schön den Oberst wieder nüchtern hier zu haben. Zwei Soldaten wurden beauftragt ihn aus dem Keller zu holen. Er hatte sich lange genug selbst bemitleidet. Es wurde Zeit das er wieder zum Sonnenfeld zurückkehrte und dort gegen Hagenar antrat.
Arnulf hatte sowieso nicht viel für ihn übrig. Aber die Soldaten würden ihm schmerzhaft fehlen.
Es würden nicht ausreichend Männer auf den Zinnen stehen, wenn Akuma zurückkehrte und die Warte angriff, das war klar. Was konnte er also tun?
Ihm kam eine Idee. Sie begann ihm zu gefallen, je länger er darüber nachdachte. Aber es war riskant.
Arnulf brauchte noch einmal die Veteranen.
Trömso brachte die Truppe schnell wieder zusammen. Im Weinkeller eröffnete Arnulf den Männern seinen Plan.
"Wer von euch hat noch gute Augen", fragte der Freiherr in die Runde. Die kampferprobten Männer sahen sich fragend gegenseitig an. "Wir sind alle nicht mehr so frisch, wie vor zwanzig Jahren!"
"Du brauchst wohl einen guten Bogenschützen", fragte einer der alten Kämpfer und nuckelte an seiner Pfeife. Er schien zu ahnen, was Arnulf wollte.
Der Fährtensucher nickte.
"Lass Hartmudt mit seinem Bogen holen, dem Sohn vom alten Müller am Kurzbach", sagte der alte Kämpfer. Dann rauchten sie schweigend ihre Pfeifen.

Hartmudt der Bogenschütze

Eine gute Stunde später stand ein Junge in der Tür, der kaum 16 Winter gesehen hatte.
Arnulf sah fragend in die Runde.

"Er ist der beste Bogenschütze in der Gegend hier", wurde ihm von allen Seiten erklärt.
"Das muss er mir erst beweisen! Ich möchte kein Kind sterben sehen, bei so einem Unternehmen. Er sollte sein Leben noch vor sich haben, nicht schon fast hinter sich!"
Arnulf gefiel die Auswahl nicht, aber es gab hier und jetzt keine Alternative.
Sie stiegen hinauf auf den Turm.
"Sieh dahinten im Baum", Arnulf wies in die Richtung einer großen Buche, ein Stück hinter dem Grenzweg. "Dort sitzt jemand!"
"Ein Mann sitzt dort und sieht zu uns", sagte der Junge im ruhigen Tonfall, als wäre das ganz normal.
Auch Akuma hatte anscheinend jemanden beauftragt, die Grenzwarte zu beobachten. Überraschen konnte das niemanden.
"Hol ihn da runter", befahl Arnulf kurz.
Hartmudt zielte kurz und der Pfeil schnellte von der Sehne. Arnulf konnte sehen, wie der Beobachter kurz darauf von seinem Ansitz stürzte. Es wurden zwei Soldaten geschickt, um den Leichnam zu bergen.
Der Junge sah den Freiherren zurückhaltend an. Nur seine Finger bewiesen, dass er nervös war.
"Wenn du willst, kannst du mitkommen", sagte Arnulf schließlich.
Der Junge jubelte beinahe.
"Es kann dein Leben durchaus sehr verkürzen", dämpfte Arnulf dessen Begeisterung. Das ignorierte Hartmudt in seinem jugendlichen Überschwang. Als er etwas sagen wollte, hieß ihn der Freiherr mit einer Handbewegung schweigen.
Sie konnten nun vom Turm aus sehen, wie sich die schwere Reiterei sammelte und zum Abmarsch bereit machte. Der Adjutant des Oberst hatte Mühe den Betrunkenen auf sein Pferd zu bekommen. Trotzdem waren sie bald bereit und das Tor wurde

geöffnet. Die Reiter verließen die Grenzwarte und verschwanden schnell hinter den Bäumen in Richtung Kreuzweg.
Insgeheim hoffte Arnulf, das sie noch auf die Sardaner trafen oder Akumas Truppen, dann konnten sie ihm etwas Arbeit abnehmen.
Der Unterleutnant trat ein und winkte Arnulf aufgeregt zu sich. Dabei tat er sehr geheimnisvoll.
"Ich habe da noch etwas, das mir ein Alchemist überlassen hatte vor einiger Zeit", sagte er. Trömso wirkte etwas aufgeregt. Nervös lief er vor dem Freiherren hin und her, als habe er eine Idee, die er sich nicht zu offenbaren getraute.
"Komm auf den Punkt, wir dürfen jetzt keine Zeit zu verlieren", sagte Arnulf etwas ungeduldig.
Der Unterleutnant nickte. "Vor einigen Wochen nahm ich unten im Dorf einen Mann fest, der mit alchemistischem Hokuspokus die Leute um ihr Geld gebracht hatte. Er kaufte sich frei, indem er mir eine Waffe schenkte. Sie hat eine enorme Wirkung, ich schwöre es euch, Herr."
Arnulf machte ein Handbewegung, das er fortfahren sollte.
"Er nannte es Bombe oder so ähnlich." Trömso zeigte auf zwei kleine Flaschen auf einem Tisch.
"Dieser Mann warf so eine Flasche gegen einen Baum. Es war schrecklich, ein lauter Knall und Feuer und der Baum stürzte um und brannte dann!"
"Und du bist sicher, dass die da auf dem Tisch genauso funktionieren?"
Trömso sah etwas unsicher aus. "Ich kann es nur hoffen", antwortete er mit unbehaglichem Ausdruck im Gesicht.
Arnulf griff sie sich und hängte sie sich an den Gürtel. Damit hätten sie auch solche Waffen wie die Reiterei sie von Brolingard bekommen hatte. Das war ein kleiner Lichtblick.
"Sie dürfen nicht irgendwo gegenschlagen, Herr! Dann ist es um Euch geschehen!"

Der Freiherr nickte und ging.
Eilig suchten die Männer ihre Sachen zusammen. Trömso sah ihnen skeptisch hinterher. Er hätte den Trupp lieber hier in der Warte gehabt. Der Unterleutnant sah ihnen vom Tor hinterher, wie sie im Wald auf der gegenüberliegenden Seite des Grenzweges verschwanden.

Sie hielten Abstand vom Grenzweg. Hartmudt lief an der Spitze. Er sollte ihnen Bescheid geben, wenn er Späher entdeckte. Arnulf rechnete hier eigentlich mit Sardanern. Doch sie stießen erst kurz vor dem Kreuzweg nach Ylsten auf die fremden Krieger. Dafür konnten sie schon sehr weit dichte Rauchschwaden sehen. Sie hatten keine Ahnung, was dort vor sich ging.
Arnulf stieg selbst auf einen Baum, um sich einen Überblick zu verschaffen.
Seine Begleiter warteten am Fuße des Baumes, dankbar für die Pause.
Erst jetzt konnte er viele Pferdewagen sehen, die große, schwere Behälter geladen hatten. Viele Männer waren damit beschäftigt die Wagen zu entladen. Es war schwere Arbeit wie der Freiherr sehen konnte.
Im nächsten Schritt wurde der Inhalt der Behälter, der flüssig zu sein schien erhitzt. Akumas Bedienstete gossen die entstandene dicke Flüssigkeit in Formen, die aus Holz zu sein schienen. Diese Formen wurden in einem großen Ofen geschoben. Hitze und Rauch waberte über dem Lager und hing in den Baumkronen. Die Hitze hier war beinahe schon unmenschlich!
Das war also das Geheimnis von Akumas Armee! In diesen Formen erschuf sich Akuma seine Soldaten!
Es gab viele dieser Formen und noch mehr Arbeiter waren unablässig beschäftigt, die Formen zu füllen, mit Wasser

abzukühlen und später zu öffnen. In der Zeit, die Arnulf ihnen zusah, hatten sie schon vier neue Soldaten geformt. Mit einer Seilwinde wurden die Formen später aufgerichtet. Schwitzende Männer nahmen die Formen dann routiniert ab. Arnulf konnte einen kleinen Mann sehen, der sich an den fertigen Tonsoldaten anschließend zu schaffen machte. Er ritzte etwas in ihren Rücken. Erst daraufhin begannen sie sich zu bewegen.
Offensichtlich zeichnete er ihnen eine Zauberrune auf den Rücken, die den Ton zum Leben erweckte.
Arnulf winkte Hartmudt zu sich hoch. Der kletterte geschickt den Baum hoch und war wenig später neben ihm. Arnulf zeigte ihm den Mann. Der war das Ziel.
Hartmudt nickte und zog einen Pfeil aus dem Köcher. Er zielte kurz. Der Pfeil raste auf sein Opfer zu. Doch der kleine Mann machte eine beiläufige Handbewegung und der Pfeil stürzte zu Boden.
"Ein Zauberer", sagte Arnulf leise fluchend. Der Junge sah ihn bestürzt an.
"Beschäftige ihn ein wenig", sagte er zu dem jungen Bogenschützen. "Aber gib acht, dass er dich nicht sieht!" Hartmudt schoss langsam seinen Köcher leer.
Arnulf hatte in der Zwischenzeit seine steinerne Pfeilspitze befestigt und schoss fast ohne zu zielen. Der kleine Mann schien irgendwie zu wissen, was auf ihn zuraste und versuchte auch diesen Pfeil abzuwehren. Dazu hatte er sich hinter zwei Soldaten mit großen Schilden gestellt. Er war nun fast völlig abgeschirmt in der Flugrichtung.
Doch der Pfeil durchschlug den Schild und der Zauberer sank getroffen zu Boden. Hartmudt sah ihn überrascht an.
"Etwas von der Magie der Berge hilft immer", sagte Arnulf nebenher. Sie stiegen eilig von dem Baum. Die Zeit musste genutzt werden, um schnellstens nahe an das Lager zu kommen.

Sie drangen eilig durch das Unterholz. Hartmudt hob die Hand, sie blieben stehen. Er hatte etwas durch die Bäume gesehen. Er stieg auf einen Baum und wies in die Richtung von Akumas Lager. Fünfmal öffnete er die Hand. Ihnen kamen gut zwanzig Mann entgegen. Wenig später konnten die Veteranen sie auch hören. Akumas Soldaten gaben sich keine Mühe, leise heranzuschleichen. Arnulfs Trupp teilte sich. Sie wollten die Angreifer umgehen und von hinten attackieren.
Der Fährtensucher wollte sich währenddessen in das Lager schleichen und die Feuer löschen. Er traf damit auf keine Gegenliebe seiner Mitstreiter, aber sie fügten sich.
Arnulf schlich sich an den Gegner vorbei und hörte bald hinter sich einen heftigen Nahkampf. Schreie drangen an sein Ohr. Doch er musste weiter.
Bald stand er am Rande des Lagers. Es herrschte ein wildes Durcheinander. Sein Ziel waren die Feuer und die Formen in die der Lehm gepresst wurde. Die Hitze war hier kaum auszuhalten. Die Luft über der Arbeitsstätte schien fast zu kochen. Überall standen Behälter mit Wasser. Damit konnten sich die Arbeiter abkühlen.
Er glaubte nicht beachtet zu werden, als er durch das Chaos huschte. Das war aber ein Trugschluss.
Akuma hatte ihn anscheinend schon erwartet. Er stand mit seiner gepanzerten Garde genau auf seinem Weg. Der Prinz hatte einen kunstvoll verzierten Brustpanzer angelegt, den Arnulf als kaum nützlich einordnete. Akuma schien interessiert, was nun geschehen würde. Es gab keinen Zweifel in seinem Blick, er würde als Sieger vom Feld gehen.
Der Freiherr nahm eine dieser neuen kleinen Bomben. Damit wollte er eigentlich die Formen zerstören. Aber jetzt musste er eine opfern um sich den Weg frei zu machen.
Er warf sie gegen die Wächter und hoffte, das Trömso ihm keine dumme Geschichte erzählt hatte.

Akuma wusste anscheinend sofort was Arnulf vorhatte und verbarg sich hinter seinen Soldaten.
Die Bombe warf alle Umstehenden zu Boden. Auch der Freiherr wurde durch die Gegend geschleudert und musste sich erst wieder sammeln. Der Knall ließ seine Ohren pfeifen.
Viele von Akumas Bedienstete flohen, aber einige Wächter scharrten sich sogleich wieder um ihren Anführer. Der zeigte mit kalter Miene auf Arnulf und einige Männer rannten auf ihn zu. So schnell ihn seine Füße trugen bewegte er sich auf die Feuer zu. Noch im Laufen nahm er die zweite Bombe in die Hand und warf sie zwischen die Formen für die Tonsoldaten. Abermals warf ihn die Druckwelle zu Boden. Auch seine Verfolger mussten daraufhin erst wieder auf die Beine kommen.
Er verteidigte sich mehr instinktiv, sein Kopf dröhnte noch von der Explosion. Ihm schwindelte etwas.
Arnulf musste sich gegen drei Männer verteidigen, die alle geübte Schwertkämpfer waren. Als er in dem Loch eines Hasenbaus stecken blieb und stürzte, war seine Zeit abgelaufen. Dachte er zumindest.
Ein Pfeilhagel ließ seine Kontrahenten niederstürzen. Die Veteranen waren endlich herangekommen. Sie mischten sich jetzt in das Handgemenge.
Gerade als sich Arnulf erheben wollte, fühlten seine Finger ein bekanntes Objekt. Überrascht griff er den Pfeil mit der Steinspitze. Hatte er hier auf ihn gewartet? Arnulf wollte nicht darüber nachdenken, wie so etwas möglich war.
Mit seinem Talisman fühlte er sich gleich etwas besser und beteiligte sich wieder am Kampf.
Akumas Leute hatten nun nicht mehr den Geist der unüberwindlichen Eroberer und zogen sich unmerklich zurück. Der feiste Prinz wurde darüber zornig und drängte sich Arnulf unaufhaltsam entgegen. Er hatte seinen Hut inzwischen verloren

und auf seinem Kopf glänzte Schweiß über den Tätowierungen.
Fast nebenbei tötete er einen der Veteranen, der sich ihm in den Weg stellen wollte.
Als er schließlich wütend und schwer atmend vor Arnulf stand, hätte der Freiherr keine Kupfermünze für sein eigenes Leben gegeben.
Doch Akuma war wie erstarrt. Er sah sich unruhig suchend um. Sein Schwert bewegte sich unruhig in seiner Hand, als konnte er seinen Gegner nicht eindeutig erkennen.
Einige Bergelfen bahnten sich mit ihren Schwertern den Weg durch die Diener und Soldaten des Prinzen. Sie waren gnadenlose Krieger.
Erst jetzt nahm Arnulf das gleichmäßige Dröhnen des Bodens war.
Akumas Tonsoldaten marschierten wieder im Gleichschritt zur Grenzwarte!
Er konnte von hier aus nicht eingreifen. Trömso musste den Angriff allein abwehren.
Arnulf und die übrigen Veteranen bekamen nun ein ganz bizarres Schauspiel geboten.

Der letzte Kampf

Wie gebannt starrten sie auf Jildhrell, die Elfenhexe, die plötzlich vor dem dunkelhäutigen Mann stand. Sie schien dort schon eine ganze Weile gestanden zu haben, hatte sie alle das Gefühl.
Akuma stach geistesgegenwärtig sofort mit seinem Schwert zu. Jildhrell wich ihm jedoch spielerisch aus. Sie lächelte ihn an, es wirkte gespenstisch.
"Du bist von so weither gekommen, um mit mir zu spielen?"
Sie sagte es kaltem Spott, in dem sich tödliche Entschlossenheit verbarg. Sicherlich verstand der Eroberer von der anderen Seite des Gelben Meeres sie kaum.

Akumas Gesicht blieb unbewegt als er mehrere Streiche gegen die Elfe führte. Seine Augen hatte er zusammengekniffen, um seinen neuen Gegner genau zu fixieren. Es sah immer so aus, als wenn er die Elfe durchbohren würde. Doch sie war ihm vor jedem Streich schon längst ausgewichen. Die Elfenhexe hatte einen kleinen Dolch in der Hand und ritzte ständig damit seine Haut ein. Er blutete bald darauf aus vielen kleinen Wunden. Die weite, helle Hose klebte bald rot verschmiert ein seinen Beinen.
Der Prinz wirkte irritiert. Seine Bewegungen wurden nach und nach fahriger, langsamer. Er sah sich ungläubig um. Die Situation schien ihm völlig unbekannt zu sein. Er war auf einen mindestens ebenbürtigen Gegner gestoßen!
Schließlich fiel ihm sein Schwert aus der kraftlosen Hand. Eine Pfütze voller Blut hatte sich zu seinen Füßen gebildet. Seine kunstvoll verzierte Rüstung war von unzähligen roten Rinnsalen gezeichnet.
"Das ist furchtbar", flüsterte einer der Veteranen hinter Arnulf leise. Doch keiner von ihnen konnte sich bewegen. Sie starrten weiterhin gebannt auf das tödliche Finale des Schauspiels.
"Man muss dem ein Ende machen", flüsterte ein Anderer. So sollte kein Krieger sterben.
Jildhrell wandte sich den Veteranen zu. "Seht ihn euch an, den großen Welteneroberer! Er ist auch nicht mehr als ein Mensch, so wie ihr auch!"
Mit einer raschen Handbewegung strich sie über dessen Gesicht. Akumas Augen verdrehten sich und wurden weiß. Der Prinz vom anderen Ende der Welt sank zu Boden.
"Merkt euch gut, was ihr gesehen habt. Er hat uns bestohlen! Dafür hat er bezahlt, so wie jeder andere bezahlen wird, der in unsere heiligen Stätten eindringt!"
Sie stand plötzlich genau vor Arnulf und fixierte ihn.

"Du weißt doch noch was die Schamanin gesagt hatte? Du darfst nicht warten, wenn du mich töten willst!"
Der Fährtensucher stand stocksteif da und war zu keiner Bewegung fähig, selbst wenn er gewollt hätte. Woher wusste sie, was Anka ihm mit auf den Weg gegeben hatte?
"Nun hab dich nicht so, du hast doch in die Rollen des Schicksals von Lèhandra geschaut und weißt, das du heute nicht sterben wirst!"
Sie sah ihn fast liebenswürdig an, wie einen guten Bekannten. Ein feines Lächeln umspielte ihre schmalen Lippen.
Er schüttelte verneinend den Kopf. Er fühlte sich etwas benommen. "Dann hätte ich mein Schicksal verändert", brachte er mühsam hervor. Sein Hals war trocken. Die Elfe lachte ihn mit einer durchaus angenehmen Stimme aus.
"Du Tropf glaubst an das Schicksal? Du hast die Gelegenheit nicht genutzt, als du mit ihr die Nacht verbracht hast?" Sie lachte amüsiert auf und strahlte ihn beinahe an.
"Deine Schlichtheit macht dich fast sympathisch, kleiner Fährtensucher. Ich kenne die Rollen! Du wirst noch eine Weile leben! Aber lass dir gesagt sein, du hast noch einiges vor dir! Und", sie machte eine theatralische Pause, "es wird nicht einfach für dich werden!"
Sie sah ihn prüfend an, dann lächelte sie nachsichtig.
"Grüß deine Schwester von mir! Richte ihr doch bitte aus, ihr Schutzzauber für dich ist doch recht wirkungslos! Sie sollte sich nächstes Mal etwas mehr Mühe geben! Du erinnerst dich doch noch an meine Fessel?"
Sie lächelte ihn noch einmal an. Im nächsten Augenblick waren die Elfen allesamt verschwunden. Ratlos sahen sich die Veteranen um. Sie hatten kaum verstanden was die Elfe gesagt und gemeint hatte. Arnulf sah benommen auf das zerstörte Lager und die vielen Toten. Was für einen Schutzzauber meinte die Elfenhexe? Seine Schwester

hatte ihm, ohne dass er es überhaupt bemerkt hatte einen Schutz mitgegeben?
"Wovon hat diese Hexe gesprochen", fragte einer der Veteranen. Er sah sich dabei furchtsam um, ob sie noch in der Nähe war.
"Ich weiß es nicht ", antwortete Arnulf und wandte sich um. Das ging niemanden außer ihn etwas an.
"Kennst du viele Hexen", fragte ein anderer Veteran aus der Runde. Arnulf machte eine bedauernde Geste. "Offensichtlich mehr, als ich dachte."
Sie hatten keine Zeit, sich mit so unnützen Geschwätz zu beschäftigen. Wichtig war, was im Augenblick an der Grenzwarte geschah.
Der kleine Trupp eilte mit der gebotenen Vorsicht den Grenzweg entlang. Nach einer Weile sahen sie die Angriffsformation auf dem Grenzweg vorrücken. Bis hierher war das Ableben Akumas noch nicht gedrungen. Sie wechselten in die Büsche und überholten die Tonsoldaten.
Auf dem aufgeweichten Weg kamen die schweren Gestalten nur noch langsam voran. Als sie die Baumstämme, die über dem Weg gelegt worden waren erreichten, kam der Vormarsch schließlich völlig zum Erliegen. Einige der Tonsoldaten stürzten und wurden dabei beschädigt. Sie zersplitterten, als wenn sie normale Tongefäße wären.
Ein merkwürdiges fauchen näherte sich ihnen auf dem Grenzweg. Sie tauchten tiefer in das Buschwerk ein. Die kleine Truppe wurde Zeuge, wie ein von der Pfeilschleuder abgeschossener Pfeil mit mäßiger Geschwindigkeit an ihnen vorbei zog. Er hatte eine verdickte Spitze, konnte Arnulf noch erkennen.
Die Wucht des Aufschlags ließ mehrere Tonsoldaten zersplittern. So baute sich eine Barrikade aus Tonscherben vor den nachrückenden Soldaten auf.

Einige menschliche Soldaten versuchten, den Weg freizuräumen. Sie wurden aus den Büschen rings herum jedoch heftig beschossen. Der Angriff zerfiel nun rasch.
Trömso hatte eine Abteilung losgeschickt, die mit Hämmern aus der Schmiede bewaffnet waren. Sie griffen die Tonsoldaten von hinten an. Sie waren durch den Wald an der Formation vorbei gelaufen.
Die Schlacht war sehr bald zu Ende. Einige Soldaten Akumas ergaben sich. Andere verschwanden im Dickicht.

Am Schluss blieb nur die drückende Hitze, die über den vielen Tonscherben lag.
Der Bach wurde schon bald darauf wieder in sein angestammtes Bett geleitet. Der Grenzweg war an dieser Stelle auch so auf unbestimmte Zeit nicht zu passieren.
Arnulf nahm sich einige Pferde und ritt zurück zu Akumas Feldlager. Er wollte sehen, was für Schätze dort noch zu finden waren.
Das Lager war von den Zurückgebliebenen eilig aufgegeben worden. Es sah so aus, als wenn jeder das mitgenommen hatte was er tragen konnte. Kisten lagen aufgebrochen auf dem Boden. Säcke lagen aufgeschlitzt herum. Überall lagen Münzen und Schmuck zwischen den Grasbüscheln.
Die Veteranen griffen sich was sie tragen konnten.
"Nehmt es als euren letzten Sold, dann könnt ihr euren Abschied nehmen", erklärte Arnulf den Männern. Das sahen die Soldaten genauso und schienen erleichtert.
Es war eine Widergutmachung für die ertragenen Entbehrungen im Dienste des knausrigen Königs.
Auch Arnulf sah sich um. Er suchte eigentlich nichts Bestimmtes. Dann fiel sein Blick auf einen länglichen Jutebeutel. Beim Aufheben fielen einige Rollen aus weichem Leder heraus.

Mit den Zeichnungen konnte er nichts anfangen. Vielleicht waren es sogar Zeichnungen des Baumeisters. Aus einem Impuls heraus hing er sich den Beutel über die Schulter. Er hatte nichts Bestimmtes damit vor. Wenn er Zeit hatte konnte er einmal einen Blick darauf werfen. Das war sicherlich interessant.
Er wollte schnell weitergehen, doch wie von allein stellte sich eine Kiste in seinen Weg. Er blieb zögerlich stehend und sah hinab. Nach einigem Zaudern öffnete er sie schließlich.
Sofort ließ er den Deckel wieder fallen. Das war die Kasse eines Königs!
Er befand sich jetzt in einer schwierigen Lage.
Er müsste sie seinem König zukommen lassen. Aber das widerstrebte ihm sehr. Er konnte die Beute für sich beanspruchen, aber wie sollte er sie unbemerkt fortschaffen? Er rang mit sich, kam aber zu keinem endgültigen Ergebnis.
Wie auf das Stichwort sah er einen Kauz neben sich auf einer kleinen Weide sitzen.
"Sieh mir in die Augen", sagte der Vogel leise, beinahe bittend. Es war natürlich seine Schwester.
Arnulf hatte kurz die Vision einer Höhle, die ihm sehr bekannt vorkam. Vielleicht aus der Kindheit?
"Das wird der Familienschatz", hörte er die Stimme seiner Schwester in seinem Kopf. Arnulf fühlte kurz einen Stich in seinem Herzen. Er wollte in seinem Inneren nicht, dass irgendjemand über diesen seinen Schatz bestimmte. Doch im gleichen Augenblick kam er sich armselig vor, ob dieses Gedankens.
"So ein Schatz ist gefährlich für jeden", hörte er seine Schwester sagen. "Lass mich ihn verwahren, bis du wieder daheim bist. Dann kannst du entscheiden, was damit geschieht."
Arnulf nickte wie in Trance. Er hatte kurz den Gedanken, dass seine Schwester in ihm war und auch durch seine Augen sah.

Im nächsten Augenblick war die Truhe verschwunden. Er atmete einige Male tief durch. Er war zuerst etwas wütend, dann jedoch machte sich Erleichterung in ihm breit.
Seine Schwester hatte ihm die Last der Entscheidung abgenommen! Er konnte seinem König nun ruhig in die Augen sehen.
Seine Veteranen stopften sich währenddessen unbeeindruckt die Taschen voll. Einer weinte sogar vor Verzweiflung, weil er einfach nicht mehr tragen konnte!
Arnulf wollte nun zurück zur Grenzwarte. Er wollte fort von diesem Ort böser Verlockungen. So viel gestohlener Reichtum machte aus einem Menschen ein misstrauisches, bösartiges Wesen!
Er fragte in die Runde, doch die alten Soldaten hatten im Augenblick kein Interesse an neuen Unannehmlichkeiten. Sie wollten auch nicht mehr ihren Dienst aufnehmen. Immerhin waren sie nun gemachte Männer. Für den Augenblick jedenfalls. Wie lange sie ihren Reichtum zusammenhalten konnten stand auf einem ganz anderen Blatt!
Also bestieg er allein das erstbeste Pferd das er einfangen konnte und ritt in Richtung Grenzwarte los. Der junge Hartmudt erschien überraschend auf dem Weg und begleitete ihn. Der Bogenschütze fragte nach den anderen Soldaten.
"Die haben heute ihren Abschied genommen", antwortete Arnulf knapp. Harthmudt sah ihn verständnislos an. Er begriff nicht, was der Freiherr damit meinte.
Arnulf indessen hoffte, dass wenigstens sein alter Gefährte Hansen in der Warte anzutreffen war. Das Chaos, das er erwartet hatte, war ausgeblieben. Alles ging seinen gewohnten Gang in der Befestigung unter der Grellwand. Einige Verwundete wurde in ein Zelt getragen, das am Fuße der kleinen Festung aufgestellt worden war.

Trömso hatte wohl schon nach ihm Ausschau gehalten. Er war sogleich zur Stelle, um den Freiherren zu empfangen.
Arnulf informierte den Unterleutnant über das Ableben Akumas. Trömso hörte besonders aufmerksam zu, als es um die Elfenhexe ging.
"Sie lebt hier bei uns in den Wäldern?" Er erschauerte. Unbehaglich sah er zur Grellwand hoch.
"Schon immer! Im Moment wird sie euch hier aber in Ruhe lassen, denke ich", beruhigte Arnulf ihn ohne innere Überzeugung.
"Wo sind die alten Kämpen?"
Trömso wusste natürlich um den Wert der erfahrenen Soldaten.
"Alle tot." Arnulf wunderte sich ein wenig, wie leicht ihm diese Lüge über die Zunge ging. Sie hatten ihren Teil für Bergisch-Bachland getan und konnten jetzt in den verdienten Ruhestand gehen.
"Dafür hast du einen jungen Mann, der seine Feuertaufe gehabt hat."
Er wies auf Hartmudt.
Der Junge errötete und starrte auf seine Zehenspitzen.
"Er ist einer der besten Bogenschützen, die ich je getroffen habe", fügte Arnulf noch zu.
"Was wird dein Vater dazu sagen", fragte Trömso, der mit ihm bekannt war. Der Müller wohnte schließlich nicht weit entfernt am Kurzbach.
Wie alle Jungen in diesem Alter hob er die Schultern und tat so, als wenn es ihm egal wäre. Doch man sah ihm an, dass er sich unwohl fühlte. Er würde sich von seinem Vater einiges Unangenehmes anhören müssen, wenn er irgendwann zur Mühle zurückkehrte. Arnulf würde sich in naher Zukunft die Zeit nehmen müssen, um mit Hartmudts Vater zu reden. Das würde keine einfache Sache werden, denn der Müller war ein schroffer, aufbrausender Mann. Er winkte Trömso zu, sich um den Jungen zu kümmern.

Dem Freiherrn fiel jetzt wieder der Erste Sekretär ein. Der musste schnellstens zum Sonnenfeld befördert werden! Er hatte am Grenzweg nichts verloren! Arnulf wollte ihn hier nicht um sich haben! Sie beide waren schon zu lang Feinde und es würde nichts geben, was sie versöhnen konnte. Daran änderte auch nichts sein augenblicklicher mitleiderregender Zustand!

Der Erste Sekretär

Der Sekretär war nur ein Schatten seiner selbst. Dunkle Ringe ließen seine Augen gespenstig leuchten. Seine Hände rieben sich unentwegt. Er kaute auf seinen Lippen und sah die Männer um ihn herum ängstlich an.
Trömso ließ bereitwillig ein Pferd bringen und sie hoben den Sekretär gemeinsam in den Sattel. Auch der Offizier wollte diesen Mann nicht hier auf der Warte haben.
Er gab dem Pferd einen Klapps und der schmale Mann raste, hilflos seinem Pferd ausgeliefert, los.
Sie hatten hier am Grenzweg nun ein Problem weniger.
Nun musste Arnulf Gewissheit erlangen, wer der Herr auf dem Sonnenfeld war!
Vielleicht hatte sich Hagenar schon zum Herrscher über Bergisch Bachland gekrönt! Das war ein unangenehmer Gedanke.
Der Fährtensucher wollte so schnell wie möglich aufbrechen um Gewissheit zu erlangen.
Er sammelte den Baumeister ein und überreichte ihm seinen Beutel mit den Skizzen und Schriften. Eukidemosz veranstaltete einen kleinen Freudentanz als er den Beutel an seine Brust drückte.
"Ich bin gerettet", rief er aus. "Mein Ruf ist gerettet, jetzt wird alles wieder gut!" Er seufzte erleichtert.
Alle Umstehenden starrten ihn an. Die Leute aus fernen Landen konnten schon recht eigenartig sein. Als Arnulf ihm eröffnete, dass

er sofort mit ihm aufbrechen wollte, wurde er aber sofort depressiv.
Seine Dankbarkeit war damit schon wieder aufgebraucht.
"Ich brauche Ruhe, um meine Gedanken zu ordnen. Mein Geist ist erschöpft, ich bin völlig am Ende!"
Trömso schüttelte nur verständnislos den Kopf. Er stellte noch ein halbes Dutzend Reiter zur Verfügung, zu dessen Schutz. Er war nicht unglücklich darüber, auch diesen verschrobenen Kerl verabschieden zu können.
Hansen stand plötzlich neben ihnen. Er nickte Arnulf nur zu. Er wirkte irgendwie in sich gekehrt und hatte wohl einige neue Falten im Gesicht dazubekommen.
"Lass uns aufbrechen", sagte er der alte Fährtensucher nur.
Sie setzten Eukedemosz auf ein Pferd und folgten dem Postweg nach Sonnenfeld.
Der Baumeister erwies sich als ein hervorragender Reiter, wie Arnulf feststellte.
Eigentlich rechnete keiner seiner Eskorte damit, das noch Sardaner in den Wäldern ihr Unwesen trieben. Trotzdem blieben sie achtsam.
Sie gaben den Pferden die Sporen. Schon wenig später fanden sie den Ersten Sekretär hilflos auf seinem Pferd sitzend. Er war noch nicht weit gekommen. Arnulf nahm das Pferd des Sekretärs am Zügel, denn er hatte erkannt, dass dieser Mann gar nicht in der Lage war zu reiten.
Trotzdem schafften sie es bis zum Einbruch der Dunkelheit eine Poststation zu erreichen. Der Himmel hatte sich inzwischen stetig verdunkelt. Das war für alle Reisenden ein Grund zur Freude, denn es waren Regenwolken.
Die Reiter waren froh, jetzt ein Dach über dem Kopf zu haben, denn der Himmel hatte inzwischen diesen speziellen Farbton angenommen, der hier in den Bergen auf ein Unwetter hindeutete.

Die Wirtin sah ihnen misstrauisch entgegen und wollte erst sehen, ob sie bezahlen konnten. Das war bei Soldaten nicht ungewöhnlich. Arnulf ließ einige Kupfermünzen über den Tisch rollen. Sofort setzte die Wirtsfrau ein freundliches Gesicht auf und sagte im entschuldigenden Ton, dass sich hier viele Habenichtse in letzter Zeit herumtrieben.
Sie leisteten sich eine warme Mahlzeit und legten sich in einem Zimmer unter dem Dach schlafen. Der Baumeister bestand auf einem eigenen Zimmer. Wiederstrebend hatte Arnulf nachgegeben, denn er hätte ihn lieber im Auge behalten.
Die ersten Regentropfen fielen inzwischen auf die Berge nieder. Arnulf hörte den Sekretär leise vor sich hinmurmeln. Er begann an der Idee zu zweifeln, ihn überhaupt mitgenommen zu haben.
Nur wenig später trommelte Regen heftig auf das Dach der Poststation. Die Hitze würde nun schnell nachlassen.

Sein erster Gedanke galt dem Baumeister, als er erwachte. Er stürzte in das Zimmer von Eukidemosz. Der Baumeister sah fragend von seinen Schriftrollen auf, die er eifrig mit einer Feder beschrieb. Arnulf war fasziniert von diesem Mann. Anscheinend war er die ganze Nacht aufgeblieben und hatten seine Rollen mit Zeichnungen und fremdartigen Symbolen gefüllt. Auf seinem einfachen Tisch klebten abgebrannte Kerzenstummel.
"Wir müssen aufbrechen", sagte er so freundlich es ging.
Eukidemosz sah ihn gequält an. "Ich bin gerade in einem wichtigen Prozess der Konstruktion, verstehst du? Ich kann jetzt nicht einfach aufhören!"
Stumm nahm Arnulf ihm die Schriftrollen aus der Hand und rollte sie zusammen. Der Baumeister sah ihn wütend an. "Ich kann nicht garantieren, dass ich meinen Zeitplan einhalten kann, wenn ich so

grob aus meiner Arbeit gerissen werde! Ich hatte dich eigentlich für einen verständigen Mann gehalten!"
Der Meister bekam eine rote Gesichtsfarbe und kniff seine Augen wütend zusammen. Er war diese Behandlung nicht gewöhnt.
"Da wurde ich während meiner Gefangenschaft von Akuma wesentlich höflicher behandelt", erklärte Eukidemosz schließlich resignierend.
"Auf einen Tag mehr oder weniger kommt es nun auch nicht mehr an! Du hast wohl vergessen, dass du eine ganze Zeit lang gefangen warst! Dein Zeitplan ist schon lange für die Katz!"
Der Freiherr reagierte etwas gereizt auf diesen Angriff des Baumeisters.
"So kannst du nicht mit mir reden! Ich bin Hofbaumeister an vielen Königshäusern gewesen!"
"Aber es reichte wohl nicht, um an irgendeinem Königshof eine Lebensstellung zu bekommen, Meister!" Arnulf war es leid, sich mit diesem abgehobenen Kerl herum ärgern zu müssen. Er hatte auch ohne ihn genügend Sorgen!
Eukidemosz sprang wütend von seinem Stuhl auf und wollte sich auf den Fährtensucher stürzen. Gleich darauf fand er sich auf dem Boden wieder.
"Ich werde deinem König berichten, was du für ein tumber, gewalttätiger Klotz bist!"
Arnulf half ihm wieder hoch auf die Beine und winkte ab. "Das weiß er längst!"
Er schob die Rollen in den Beutel und sammelte sorgfältig die Schreibutensilien ein.
Hansen stand währenddessen feixend in der Tür und grinste über das ganze Gesicht.
"Wenn der Herr sich dort entlang bemühen würde", er wies dem Baumeister die Treppe hinab.

Schimpfend lief Eukedemosz demonstrativ langsam die Treppe hinab, an dessen Fuße der Sekretär ihn ungeduldig erwartete. Der Baumeister sah den bleichen Mann befremdet an und schüttelte angewidert den Kopf.
Der Sekretär trat einen Schritt zurück und ließ die Männer passieren. Arnulf warf einen Blick auf seine Hände, fast erwartete er dort ein Messer zu entdecken. Doch die schmale Gestalt war unbewaffnet.
Der Freiherr schob ihn vor sich her. Willenlos ließ der Sekretär es geschehen.
"Dein König wird dich heute nicht hinrichten lassen", sagte Arnulf leise. Etwas Hoffnung glomm in den stumpfen Augen des Mannes. Aus dessen Sicht näherte er sich mit jedem Schritt seinem Henker.
Sie sattelten die Pferde selbst, der Stallbursche sah ihnen stumm dabei zu. Aber Arnulf war der Meinung, hier niemanden trauen zu können. Irgendwo würden Hagenars Spione auf sie warten. Jetzt war Tempo gefragt.

Sie wollten die Pferde nicht zu früh ermüden und schlugen einen mäßigen Trab an.
Hansen war ein Stück vor ihnen und blieb um die Mittagszeit stehen. Er hob leicht die Hand. Sie brachten die Pferde zum Stehen und stiegen ab.
Sie führten die Tiere in den Wald und warteten. Einige Minuten später konnten sie eine Reiterabteilung sehen. An ihren Farben konnte Arnulf sie sofort als Hagenars Männer identifizieren. Sie hatten einen Fährtensucher dabei. Arnulf kannte ihn. Er war schon einige Male auf ihn getroffen.
Es war Karl-Gustav, der vor einigen Jahren vom König zu dessen Bruder gewechselt war. Über die Gründe konnte Arnulf nur spekulieren. Sicherlich war er durch ein unglückliches Ereignis in

Ungnade gefallen und war unter die Obhut Hagenars geflüchtet. Das war nicht ungewöhnlich.
Aber Karl-Gustav war ein fähiger Mann, das machte ihm im Augenblick gefährlich. Den anderen Reitern traute der Freiherr dagegen nicht allzu viel zu.
Hansen war der gleichen Meinung und hatte sein Langmesser schon in der Hand.
Der Fährtensucher war schon abgestiegen und musterte die Spuren auf dem Postweg. Mit untrüglichem Instinkt folgte er den Spuren der Pferde in den Wald. Die Reiter sahen ihm gelangweilt vom Rücken ihrer Tiere zu und schwatzten miteinander. Sie machten ihre kleinen Witze über den Mann.
Unbeirrt steuerte Karl-Gustav auf die kleine Gruppe zu. Er zog leise sein Schwert aus der Scheide. Offensichtlich wusste er seine Beute ganz nah. Triumphierend stand er dann vor Arnulf, doch ehe er seine Leute rufen konnte, hatte ihm Hansen das Leben genommen.
"Er war mir schon immer unsympathisch gewesen", murmelte Hansen leise. Er wischte seine Waffe mit einem schmutzigen Lappen ab.
Der alte Hansen war zu verschiedenen Zeiten ein kaltblütiger Mann. Anders hätte er die vielen Jahre als Fährtensucher auch nicht überleben können.
Arnulf sah schweigend auf den Leichnam. War das auch sein Ende, das irgendwo in der Zeit auf ihn wartete? Hätte er in die Schicksalsrollen der Elfen gesehen, wüsste er es bereits. Aber würde ihn das glücklich machen?
Die Reiter riefen nach ihren Fährtensucher, da sie keine Antwort erhielten wurden sie ungeduldig. Sie berieten kurz und beschlossen, den Fährtensucher hier zurück zu lassen. Er konnte ja nachkommen, wenn er genug an Grasbüscheln gerochen hatte.
Arnulf atmete auf, als er die Reiter vorbei ziehen sah.
"Was waren das für Männer", fragte Eukidemosz irritiert.

"Feinde deines Auftraggebers", antwortete Hansen knapp.
"In seinem Land streifen fremde Soldaten umher, ohne dass sie verfolgt werden? Und wir müssen uns vor ihnen verstecken! Wo bin ich nur hingeraten!"
Bevor er weiter klagen konnte schob ihn Arnulf wieder auf den Weg und sie stiegen wieder auf ihre Pferde.
Arnulf musste sich langsam Gedanken machen, wo sie die Nacht geschützt verbringen konnten. Er wollte bis in die Nähe des Sonnenfeldes, um dort den Stand der Dinge zu erkunden. Sie brauchten ein Nachtquartier, das ausreichend Schutz vor Entdeckungen und auch vor dem heranziehenden Regen bot.
"Wir sollten die Höhlen nehmen", sagte Hansen, der auch zu diesen Schluss gekommen war. Arnulf nickte zustimmend. Sie nahmen den Pfad zu einem nahen Eingang des weit verzweigten Höhlensystems, das sich unter der Oberfläche Bergisch-Bachlands erstreckte.
Sie führten ihre Pferde am Zügel. Der Baumeister murmelte unzufrieden vor sich hin. Es dauerte nicht sehr lange bis sie ihr Ziel erreichten.
Dunkel gähnte die Öffnung ihnen entgegen.
Die Pferde waren unruhig in der großen Höhle. Aufgeregt schnauften sie unaufhörlich. Hier trieben sich zuweilen Höhlenbären herum.
Von großem Vorteil war es, dass es nur ein kurzer Fußmarsch bis zum Anwesen des Vogtes war. Beinahe nur ein Steinwurf. Arnulf würde ihm abends einen Besuch abstatten.
Der Sekretär sah furchtsam mit trüben Augen in die düsteren Gänge, als erwarte er jeden Augenblick dem Tod ins Antlitz zu sehen.
Der Baumeister hingegen war sehr interessiert. Er strich mit der Hand über die Wände und leuchtete mit einer Fackel hierhin und dorthin. Mit der Hand fuhr er über die Steinformationen.

Hansen richtete ungerührt ein Lager ein. Der schmale Sekretär wollte mehrmals hinaus in den Wald fliehen. Er hatte schreckliche Angst vor den Gängen, die alle in finsterer Dunkelheit endeten. Hansen fesselte ihn schließlich, weil keine Lust hatte ständig hinter ihm her zu schleichen.
Arnulf schlief zwei, drei Stunden und machte sich dann auf den Weg zum Vogt.
Vor der Höhle verharrte er eine Weile und sog die feuchte Nachtluft ein. Er war endlich zu Hause!
Er roch in alle Richtungen, denn ein charakteristischer Geruch lag in der Luft. Der Zeitpunkt war sehr ungünstig, jetzt gerade hier auf Hundlinge zu stoßen!
Vorsichtig schlich er weiter durch den nächtlichen Wald.
Einige neue Regenwolken verdunkelten den Mond. Er hörte das Raunen fremder Stimmen.
Es hörte sich für Arnulf an, als wenn der Vogt belagert wurde!
Er hörte, wie vor sich Pfeile abgeschossen wurden.
Wiederstrebend kehrte er zu den Höhlen zurück.
Arnulf musste sich Hilfe von Hansen holen. Er glitt unsichtbar durch die Nacht.
Hansen war nicht erfreut über die Unterbrechung seiner Nachtruhe. Mit ächzen und stöhnen richtete er sich wieder auf und sammelte seine Waffen zusammen.
"Ich bin langsam zu alt für so etwas", knurrte er, während er sich seine Waffen umschnallte und die Gurte überprüfte.
"Ihr könnt mich hier nicht allein lassen", hörten sie eine heisere Stimme hinter sich. Es war der Sekretär, der wie ein Geist in den Lichtkreis der Fackel trat.
Stumm drückte Arnulf ihm ein Kurzschwert in die Hand. Wenn er unbedingt wollte, sollte er auch kämpfen!

Der Baumeister hingegen schlief fest unter seiner Decke. Arnulf befand, dass er hier am besten aufgehoben war und ließ ihn schlafen.

Sie schlichen in die Nacht hinaus.
Die Gnolls belagerten das Anwesen des Vogtes in einen weiten Kreis. Der hatte aber einige gute Bogenschützen postiert, die die Angreifer auf Abstand hielten.
Die Fährtensucher griffen den Belagerungsring von hinten systematisch an.
Es fiel den Hauptleuten der Hundlinge erst spät auf, dass ein Teil ihrer Leute nicht mehr an dem Kampf teilnahmen.
Es kam Unruhe in den Reihen der Hundlinge auf. Wütendes Bellen drang durch die Nacht. Ein Trupp Gnolls versuchte nun zu ergründen, was in ihrem Rücken geschah. Fackeln wurden entzündet. Die Belagerung löste sich langsam auf.
Die Fährtensucher umkreisten die Gnolls. Der Sekretär erwies sich als wütender Kämpfer, der es sogar mit zwei Gegnern aufnahm. Aber es war pure Verzweiflung, die Arnulf in den glühenden Augen des schmalen Mannes sah. Er würde bald vor Erschöpfung zusammenbrechen.
Die Gnolls verstanden nun endlich, dass sie im Rücken angegriffen wurden und verschwanden jaulend ins nächtliche Dunkel.
Zwei Soldaten standen in der offenen Tur und leuchteten vorsichtig in die Nacht.
"Fährtensucher des Königs stehen hier", rief Arnulf.
"Nennt mir eure Namen", rief eine ungläubige Stimme aus dem Haus.
"Hansen und Freiherr Arnulf", antwortete Hansen etwas ungehalten.
"Und der erste Sekretär", rief der dünne Mann hinterher.

"Das wird wohl heute mein Glückstag", hörten sie die Stimme des Vogtes. "Kommt langsam näher, wenn ich bitten darf! Ich möchte euch doch erst einmal ansehen!"
Arnulf zeigte sich kurz im Lichtschein.
"Die Bögen herunter, wir haben lieben Besuch", rief der Vogt etwas sarkastisch zu seinen Leuten.
Sie gingen durch die improvisierten Barrikaden.
Der Vogt sah übernächtigt aus. Fragend sah er den ersten Sekretär an. "Was hat dich hierher verschlagen, Sekretär?"
"Ich musste den Freiherren von der Grenzwarte holen", antwortete der schmale Mann müde. Arnulf befürchtete, dass er vor Erschöpfung gleich in Ohnmacht fallen würde.
"Gib mir noch zwei Leute mit, wir müssen noch jemanden holen, den der König dringend erwartet", forderte Arnulf vom Vogt. Der war zwar diesen Ton nicht gewöhnt, winkte aber zwei seiner Büttel heran.
Sie verschwanden in der Dunkelheit, während der Sekretär vor der Tür zu Boden sank. Der Vogt schüttelte den Kopf. Dieser Mann war ihm schon immer suspekt gewesen.
Sie konnten problemlos den Baumeister aus der Höhle holen. Er beschwerte sich zwar über die nächtliche Unterbrechung, doch die Aussicht auf ein richtiges Bett stimmte ihn dann schnell gnädig.
Eine Stunde später saßen sie beim Vogt im Esszimmer.
"Du hast also den Baumeister zurückgeholt", stellte der Vogt erfreut fest. Ihm schien eine Last von den Schultern genommen worden zu sein. Er nickte Eukidemosz freundlich zu und schob ihm einen Krug seines besten Weines zu.
"Das Schloss für Sylvia kann gebaut werden", stellte Hansen fest. "Alle sind glücklich und wir können nach Haus gehen."
"So einfach wird das nicht vonstattengehen, meine Herren." Der Vogt stand auf und lief vor ihnen auf und ab. Er stellte seinen Silberbecher auf den Tisch und sah Arnulf in die Augen.

"Der König ist nach wie vor auf dem Sonnenfeld gefangen, er kommt nicht aus dem Belagerungsring heraus.
Sein lieber Bruder hat ihn schon seit drei Tagen eingeschlossen.
Mich hat Hagenar auch schwer beschäftigt. Ich konnte ihm nicht zur Hilfe eilen!"
"Hoffentlich glaubt er dir später. Du weißt, wie er sein kann."
Hansen sah starr an die Wand, als stünde dort etwas von der Zukunft geschrieben. Dann sah er den Vogt an. Der zuckte mit den Schultern.
"Das wird sich bald zeigen! Ruht euch noch etwas aus. Wir werden im Morgengrauen aufbrechen!"
"Was hat Hagenar für Leute an seiner Seite", fragte Arnulf den Vogt. Der hob die Schultern.
"Ich frage mich schon die ganze Zeit, wie er die Söldner bezahlen will, selbst wenn er Erfolg haben sollte."
"Vielleicht haben sich die Van Ylsten ja mal wieder zusammengerauft", vermutete Hansen.
Der Vogt hatte darauf keine Antwort. Er löste die Runde auf und sie legten sich auf die harten Lager seiner Büttel.
Arnulf starrte noch eine Zeit lang an die dunkle Decke des Zimmers.
Das Licht des Kaminfeuers malte dort kurzlebige Gebilde in schneller Folge. In Gedanken sah er Horden von Orks sein Dorf ein weiteres Mal verwüsten. Er wollte sofort aufstehen und losreiten, doch die Müdigkeit hielt ihn eisern auf der Pritsche fest und ließ seine Augen zufallen. Die Sorgen mussten noch einige Stunden auf ihn warten.
Er wurde früh mit den ersten Vögeln wach. Es war schon emsiger Betrieb auf dem Anwesen des Vogtes. Dessen Männer bewaffneten sich, Pferde wurden gesattelt.
Arnulf wollte den Baumeister ungern hier allein lassen. Der Vogt würde nur eine Handvoll Männer entbehren können, die hier Wache halten sollten. Doch den Gefahren eines Kampfes konnten

sie ihn nicht aussetzen. Sie mussten schließlich den Belagerungsring durchbrechen.
"Ich werde hierbleiben und auf ihn aufpassen", sagte Hansen ernst zu Arnulf. "Ich bin langsam zu alt für dieses Spiel!" Er lächelt den Freiherren müde an. Er sah beinahe aus, als bäte er ihn um Verzeihung.
Arnulf sah dem alten Hansen überrascht ins Gesicht. Zum ersten Mal erkannte er ihn als das, was er wirklich war - ein alter Mann, der zu viel Leid und Elend gesehen hatte. Ein alter Mann, den der Tod immer wieder verschont hatte, warum auch immer. Er würde nie Kinder auf seinen Knien haben und ihnen Geschichten aus vergangen Zeiten erzählen können. Das war halt der Preis für sein ruheloses Dasein.
Er würde ein Dach über dem Kopf brauchen, ging es dem Freiherren kurz durch den Kopf.

Vor der Festung des Königs

Die Abteilung des Vogtes Ritt durch den taunassen Morgen. Die Sonne verbarg sich hinter den nur langsam abziehenden Regenwolken.
Der Vogt hatte einen Späher vorrausgeschickt. Der Weg zur Königsfestung auf dem Sonnenfeld war frei.
Hagenars Truppen hatten des Königs Festung zwar eingeschlossen, aber leichtsinnigerweise seinen Rücken nicht abgesichert. Das Zeichen zum Sturm auf die Mauern, ließ noch auf sich warten, Hagenar zauderte noch.
Arnulf vermutete, dass Königin Sylvia sich noch innerhalb der Mauern befand. Das wäre jedenfalls ein Grund, noch nicht anzugreifen. Vielleicht hielt der König sie sogar als Geisel. Dieser Gedanke erschien ihm gar nicht mal abwegig. Die Verhältnisse der Königsfamilie waren undurchsichtig.

Der Angriff auf die Festung hatte sicherlich nicht zufällig gerade jetzt stattgefunden. Vielleicht hatte sich Hagenar sogar mit Akuma verbündet. Doch es waren hier keine Sardaner zu sehen. Es waren schlicht Söldner aus aller Herren Länder. Die Vermutung lag näher, dass er einfach die Gelegenheit beim Schopfe gepackt hatte, um sein langgehegtes Vorhaben endlich in die Tat umzusetzen und seinen angeschlagenen Bruder vom Thron zu vertreiben.
Als der Vogt die ersten Zeltlager der Angreifer ausmachte, ließ er seine Leute absteigen. Ihre geringe Anzahl war für ihn kein Grund, nicht ein zugreifen.
Sie schoben sich langsam immer näher an die Festung Sonnenfeld heran. Arnulf machte ihn auf das prächtige Zelt Hagenars aufmerksam. Ein Wimpel mit dessen Wappen hing dort schlaff an einem Mast. Wenn sie eine Chance hatten, dann dort.
Sie schlichen sich an das Zelt des Königsbruders heran. Es gab einen kurzen Kampf mit einigen zu aufmerksamen Wächtern, die der Vogt für sich entschied.
Er stürmte triumphierend in das Zelt Hagenars und fand es leer vor. Arnulf ließ das Zelt hinter sich und stürmte gleich weiter, um ihn zu suchen.
Er sah ein Stück abseits, das Hagenars Pferd gesattelt wurde. Sein Knappe wurde von ihm mit Schlägen seiner Reitgerte zur Eile gedrängt. Hagenar hatte die Vorgänge um sein Zelt rechtzeitig bemerkt und wollte sich nun davonstehlen.
Er war noch nie der Draufgänger, der er stets vorgab zu sein. Arnulf wusste aus Erfahrung, das Hagenar lieber aus dem Schatten heraus operierte und sich immer einige Fluchtmöglichkeiten offen ließ.
"Zu mir, meine Getreuen", rief der Königsbruder laut, als der Vogt mit seinen Leuten auf ihn zukam. Einige Kämpfer warfen sich ihm in den Weg. Hagenar schwang sich schnell auf sein Pferd und stieß den Knappen grob bei Seite. Er gab seinem Pferd die Sporen.

Arnulf hatte schon seinen Bogen angelegt und schoss das Pferd unter ihm weg. Hagenar stürzte schwer. Fluchend sprang er wieder auf und zerrte einen Lanzenreiter von dessen Pferd. Ein Armbrustschütze des Vogtes legte an und jagte dem Flüchtenden einen Pfeil durch den Schenkel. Doch Hagenar ritt weiter, einige Reiter seiner Heerschar schlossen sich ihm an.
Der Angriff auf die Festung endete so, ehe er überhaupt begonnen hatte.
Die Gnolls, die hier als Verbündete Hagenars lagen, waren auf wundersame Weise in kurzer Zeit verschwunden. Sie hatten erkannt, dass es keinen Angriff mehr geben würde. Eine Zeitlang hörte man noch ihr Bellen in den Wäldern rings um die Festung Sonnenfeld hallen.
Das Tor der Festung öffnete sich und eine Abteilung Reiter stürmte heraus. Sie zerstreuten rasch die unsicher gewordenen letzten Angreifer vor dem Tor. Von den Festungsmauern wurde dem Vogt zugejubelt. Er war der Held des Tages. Mit seiner kleinen Schar hatte er tatsächlich das Blatt gewendet.

Nach einigen kleinen Scharmützeln war der Kampf beendet. Das Gebiet um die Festung herum war unter der Kontrolle des Vogtes. Einige Söldner ergaben sich und wurden zusammengetrieben.
Der König erschien schließlich mit seinem Herold vor dem Tor. Er wurde mit Fanfaren angekündigt. Gemächlich lenkte er sein Pferd zum Vogt.
"Wenigstens auf Euch ist Verlass", sagte er zu dem Vogt, der sich verneigte. "Auch wenn es etwas lang gedauert hat!"
"Einen wichtigen Anteil an Eurem Sieg hat auch dieser Mann", erwiderte der Vogt und zeigte auf Arnulf, der sich gerad davonschleichen wollte.

"Das hätte ich mir eigentlich denken können. Der Freiherr wird mir sicherlich Nachrichten von der Grenzwarte bringen", rief der König und sah dabei Arnulf auffordernd an. Er schien zu wissen, dass der Baumeister hierher unterwegs gewesen war. Auch der König hatte seine Spione.
"Der Baumeister ist auf dem Anwesen des Vogtes", sagte Arnulf sich leicht verneigend.
"Nun mal nicht so förmlich. Sag mir endlich, was ist inzwischen an der Grenze geschehen!"
Arnulf musste wohl oder übel dem König in seine Festung folgen, obwohl er viel lieber in sein Dorf zurück wollte, um dort nach dem Rechten zu sehen.
Er wurde in die Privatgemächer des Königs geführt. Zwei Diener stellten einen Imbiss auf eine kleine Anrichte. Arnulf fühlte sich angesichts der Gerüche sofort hungrig. Als die Tür aufging, sah er in die kalten Augen von Königin Sylvia. Ehe er aufstehen konnte, um sich zu verneigen, war sie schon wieder verschwunden. Der König öffnete, ohne auf sie zu achten, eine Tür zu seinen Privatgemächern.
Er warf einen kurzen Blick auf den Siegelring des Freiherren und lächelte fein. Für ihn war die Erhebung von Arnulf sicherlich ein Gewinn. Gerade jetzt in Zeiten wo er Verbündete dringender denn je brauchte.
"Berichte, Freiherr! Was geschah an der Grenze zu Ylsten!"
Arnulf gab einen kurzen Abriss der Ereignisse, die ihm bekannt waren. Der König hörte aufmerksam zu. Arnulf hatte das bestimmte Gefühl, das ihm eine Frage auf der Zunge lag.
"Sag mir, Freiherr, wie konnte Akuma oder wie er auch hieß, unerkannt durch Ylsten bis zu uns vorstoßen, ohne dass wir Nachricht davon erhielten?"
Das wusste der Freiherr natürlich nicht.

"Vielleicht ist er aus der Niedermark gekommen. Sein Geheimnis waren seine Soldaten aus Ton, die er erst vor Ort zu dem machte, was sie waren."
"Keiner meiner Informanten, auch nicht König Reinhardt schickte eine Nachricht zu mir, was soll ich davon halten?"
Arnulf hatte natürlich eine Vorstellung, was sein König davon halten sollte. Er zog es jedoch vor, dazu zu schweigen.
"Vielleicht solltet Ihr davon ausgehen, dass der dunkle Mann aus Siltrien in Ylstenbyrg als ganz normaler Händler mit einigen Wagen gesehen wurde. Er hatte eigentlich nur wenige Soldaten bei sich.
"Da fehlt mir der Glaube, Freiherr!" Er stand energisch auf und stopfte sich eine Pfeife.
"Akuma hatte vielleicht ausschließlich den Grenzweg benutzt, um nach Bergisch-Bachland vorzustoßen."
"Mein Bruder wusste auf jeden Fall vor mir, das er kam und ein Angriff bevorstand! Vielleicht hatte er Akuma sogar ein Bündnis angeboten!"
Arnulf nickte leicht. Das war genau seine Vermutung. Dieser Gedanke ließ allerdings außer Acht, dass niemand wirklich die Ziele von Akuma kannte.
"Vielleicht solltet Ihr Euren Bruder fragen, was die Ziele Akumas hier in den Bergen waren!"
Der König sah ihn zuerst etwas zornig an, aber winkte dann ab. "Zu gegebener Zeit auch dies."

Ein langgehegter Plan

Arnulf hielt die Zeit für günstig, sein eigenes Anliegen zur Sprache zu bringen.
"Ihr erinnert Euch sicherlich an das verfallene Jagdschloss eures Vaters", wagte er einen Vorstoß. Der König sah ihn irritiert an. Ein Anflug von Ärger malte sich in sein Gesicht.

"Was erzählst du da?" Vielleicht hielt er den Freiherren sogar für undankbar.
"Überlasst es mir, und ihr habt neben der Grenzwarte einen weiteren Posten am Kreuzweg nach Ylsten!"
Der König sprang wieder von seinem Stuhl auf und ging einige Schritte auf und ab.
"Ein Vorposten zum Nachbarn, der manchmal sehr wankelmütig sein kann!"
Er schien sich für diesen Gedanken erwärmen zu können.
"Du willst dich im Land dieser Elfenhexe niederlassen? Du musst großes Vertrauen in dein Schicksal haben! Aber du verstehst, dass dies schon über Generationen meiner Familie gehört."
"Sicherlich, aber es wurde schon einige Jahrzehnte nicht mehr besucht. Ich war unlängst dort. Es sieht alles sehr baufällig aus."
"Mir fehlt die Zeit für solche Nebensächlichkeiten", log der König und versuchter ein wehmütiges Gesicht zu machen. Er spielte natürlich nur Theater.
Der König schüttelte den Kopf, als könne er diese Idee nicht ganz verstehen. Aber zuverlässige Verbündete an der Grenze konnte man nicht genug haben. Das bewiesen gerade die letzten Ereignisse.
"Und mir entstehen keine Kosten?"
"Ich bin auch Zimmermann", erwiderte Arnulf mit unbewegtem Gesicht. Es konnte doch dem Herrscher egal sein, wie er die Ruine wieder zu Leben erwecken wollte.
"Du meinst, du fällst ein paar meiner Bäume und hast bald ein schönes Schloss?" Der König lächelte tiefgründig. Er war schließlich nicht dumm.
"Du hast irgendwo einen Schatz vergraben, den du diesem Akuma abgenommen hast! Hab ich Recht?" Der König drohte mit dem Zeigefinger.
Arnulf sah ihn an, ohne die Miene zu verziehen.

"Ich werde das nachprüfen lassen! Aber gut, bau diese verdammte Ruine wieder auf und werde glücklich damit! Aber komme später nicht zu mir und jammere herum. Ich habe dich gewarnt, die alten Mauern sind wirklich verflucht", fügte der König mehr für sich selbst hinzu. Der Freiherr wollte gar nicht wissen, was für Dramen sich dort abgespielt hatten.
"Noch eine Bitte, Herr."
Der König drehte sich ungeduldig um. "Was nun noch? Wollt ihr meine leichte Reiterei auch noch haben?"
"Begnadigt euren Ersten Sekretär! Er war der Situation einfach nicht gewachsen", sagte Arnulf in neutralem Ton.
"Diesen unzuverlässigen, hochnäsigen Wurm? Ich sollte ihn euch aufhalsen, als tägliche Erinnerung an Eure törichte Barmherzigkeit. Er ist ein Skorpion, das solltet ihr niemals vergessen", rief der König und lachte plötzlich über seine Idee. Arnulf überlegte sich schon, wie der dünne Mann plötzlich verunglücken würde im Wald.
"Ich verstehe zwar euren Beweggrund nicht, aber er wird nicht hängen! Das wäre eine zu milde Strafe für seine sträfliche Unachtsamkeit. Ich werde ihm eine andere Aufgabe zukommen lassen müssen, die er als Strafe erkennen wird! Solche Fehler dürfen einfach nicht geschehen! Was soll meine Königin von mir denken!"
Arnulf nickte zustimmend und wollte jetzt hier schnell verschwinden. Er bedauerte schon seine Intervention für diesen Mann.
"Ich sehe, du hast es eilig", sagte der König mit Wohlwollen. Auch er war dieses Gesprächs überdrüssig.
"Schaff mir den Baumeister endlich her! Ich muss Sylvia ein Schloss bauen, damit wieder Frieden in Bergisch-Bachland einkehrt! "
Wulfenghar sah nun übermüdet und alt aus. Er hatte viele Sorgen, über die er mit niemanden reden konnte. Arnulf beneidete ihn

nicht darum. Wulfenghar hatte zwar viele Leute um sich, doch den wenigsten konnte er vertrauen.
Der ehemalige Fährtensucher empfahl sich und ging zur Tür.
"Und denk daran, eine kleine Aufmerksamkeit ist das Jagdschloss schon wert. Auch wenn es alt und zerfallen ist! Und verflucht", murmelte er noch leise in sich hinein.
Der Freiherr schloss die Tür hinter sich. Das Leben bei Hofe schien ihm noch immer nicht erstrebenswert. Er atmete laut aus. Die Edlen dieses Landes fielen ihm auf den Geist. Angestrengt überlegte er, was er dem König für einen Knochen vorwerfen konnte, damit er etwas Ruhe gab. Es musste natürlich etwas sein, das mit Silber und Gold zu tun hatte. Sylvia war sehr anspruchsvoll, wie man von allen Seiten hörte.
Er ließ sein Pferd langsam laufen und lief halb träumend in Richtung Heimat.
Die letzten Ereignisse ließen noch viele Fragen offen. Doch wer sollte ihm die Antworten darauf geben?
Auf dem Weg zu seinem Dorf begegnete er einem großen Reitertrupp des Königs. Die Männer eskortierten mit ernsten Gesichtern den Baumeister. Sie sahen aus, als hätten sie den Baumeister persönlich aus den Fängen Akumas befreit. Dabei waren sie einen Tagesritt entfernt mit was auch immer beschäftigt gewesen. Es war dem Freiherren jedoch schlichtweg egal. Er war froh, den nörgelnden Mann nicht länger auf dem Hals zu haben.
Eukidemosz erkannte seinen Befreier und begrüßte ihn laut und freudig. Er winkte aufgeregt mit den Armen, das er fast vom Pferd gestürzt wäre.
"Ich habe dir die Rettung meiner Berechnungen zu verdanken", rief er und wedelte mit einer Schriftrolle." Das sind Arbeiten von Jahren. Vielleicht kann ich mich ja einmal erkenntlich zeigen."

Arnulf winkte ihm zu. "Ich besuche dich, wenn du fertig bist mit deinem Schloss! Und dann werde ich sehen, ob du wirklich so gut bist, wie du behauptest!" Das war natürlich ironisch gemeint.
"Ja tu das, und du wirst beeindruckt sein und meinen Namen fortan mit Ehrfurcht aussprechen!"
Der Freiherr hatte kurz den Eindruck, dass der Baumeister seine Worte ernst meinte. Das ließ ihn schmunzeln.
Arnulf erkannte den Ersten Sekretär mit rotem Gesicht auf einem Pferd am Ende des Trupps. An der Hitze konnte das nicht mehr liegen. Es war wohl eher die Furcht, dass er nicht wusste, was ihn bei Hofe erwartete. Vielleicht spielte er schon mit dem Gedanken zu fliehen. Arnulf zügelte kurz sein Pferd.
"Dein König wird dich heute nicht hängen, Sekretär", sagt Arnulf zu dem ehemaligen Ersten Sekretär als der auf seiner Höhe war.
Der starrte ihn ungläubig an. Schweiß rann ihm den Rücken hinab.
"Ich komme gerade von Ihm. Du wirst aber nicht mehr dein Büro beziehen können, das ist der Preis." Der Freiherr gab seinem Pferd die Sporen.
Er sah nicht, wie der dünne Mann sich umdrehte und ihm hinterher sah. Etwas Hoffnung bemächtigte sich seiner wieder. Seine Haltung straffte sich etwas. Doch der Blick, den er dem Fährtensucher hinterhersandte, war kein dankbarer.
Arnulf traf später am Anwesen des Vogtes auf Hansen. Der stand etwas verloren am Tor und sah sich um.
"In welche Gegend wirst du gehen", fragte Arnulf seinen Kampfgefährten. Der sah ihn ratlos an. "Auf dich wartet niemand, stimmt`s?"
Hansen schüttelte trübe den Kopf. Er wischte sich nachdenklich den Schweiß von der Stirn. "Niemand wartet auf einen alten Mann!"

"Du bist noch lange kein Greis", sagte Arnulf, um ihn etwas aufzumuntern. Ein Gedanke, den er schon länger hatte, bewegte sich an die Oberfläche.
"Wenn du willst, finde dich in einem Monat am alten Jagdschloss ein!"
Der alte Hansen sah ihn verwirrt an. Dann glaubte er zu verstehen.
"Er hat dir tatsächlich diese verfluchte Ruine überlassen?" Hansen hatte sofort richtig kombiniert und sah Arnulf bekümmert an.
"Überlassen natürlich nicht", antwortete der Freiherr grinsend. "Ich muss mich erkenntlich zeigen, das ist wohl klar."
"Hast du Antje schon davon erzählt?"
"Nur in groben Zügen, aber welche Frau kann schon Nein zu einem Schloss sagen?"
Hansen lachte auf. Wie Arnulfs Vater schon immer betont hatte, Arnulf war ein gerissenes Schlitzohr!
Der Freiherr hatte es nun eilig zum Dorf zu kommen. Es war nun schon nach Mittag und er wollte endlich seine Frau sehen.

Seiberand war anscheinend von den Feindseligkeiten unberührt geblieben.
Die Dorfbewohner kamen aus ihren Häusern und starrten ihn mit unverhohlener Neugier an.
"Regiert der König noch in der Festung?" rief ihm Jemand zu.
"Wulfenghar ist immer noch euer König", antwortete Arnulf.
"Hagenar ist geflüchtet!"
"Was ist mit der Armee, die Bergisch-Bachland überfallen hat?"
"Akumas Armee ist zerschlagen, der Prinz aus Siltrien ist besiegt und tot!"
"Es hieß aber, seine Soldaten sind nicht zu töten und er auch nicht!"

"Er wurde von der Elfenhexe Jildhrell getötet, vor meinen Augen. Glaubt mir, er ist so tot wie man nur sein kann!"
"Sind noch Sardaner in den Wäldern?"
"Das musst du die Bergelfen fragen!"
"Hast du gegen die Bergelfen gekämpft? Sie sollen doch unbesiegbar sein."
"Ich wäre nicht hier, wenn ich gegen sie und ihre Hexe gekämpft hätte!"
Arnulf kam endlich an seiner Hütte an, wo seine Frau schon an der Tür ihm ungeduldig entgegensah.
"Anka hatte dich schon gestern angekündigt", sagte sie säuerlich zur Begrüßung. Sie war blass um die Augen. Vielleicht lag das ja auch an der gerade erst abgezogenen Hitze und den Mückenschwärmen hier im Dorf.
"Oh, die Freifrau ist erzürnt! Da kannst du sehen, auch meine Schwester irrt manchmal", erwiderte Arnulf besänftigend. Er hatte eine etwas freundlichere Begrüßung erwartet.
"Ich werde mich bald nach einem anderen Mann umsehen müssen. Der Freiherr hat ja keine Zeit für seine Frau! Er treibt sich lieber in den Wäldern herum! "
"Der Freiherr wird seiner Frau in einigen Tagen ihr Schloss zeigen", antwortete er trocken. Er war gespannt auf ihre Reaktion.
Es dauerte eine Weile, bis sie seine Worte gedeutet hatte.
"Das meinst du nicht ernst!" Sie sah ihn mit weit aufgerissenen Augen an.
"Oh doch!"
Er musste noch unbedingt mit seiner Schwester reden. Einen Tribut musste er wohl oder übel dem König für das Schloss überlassen. Auch und trotzdem es eigentlich eine Ruine war.
Nach einem frühen Abendessen sah er sich in der Umgebung des Dorfes genauer um. Es war nicht ausgeschlossen, dass einzelne Sardaner noch in den Wäldern steckten. Er fand jedoch keine

bedrohlich aussehenden Spuren. Er entdeckte jedoch ein kleines Lager mit Feuerstelle. Von hier aus hatte jemand eine Zeitlang das Dorf beobachtet. Die Asche war schon kalt und auch vom letzten Regen nass. Sie konnte schon gute zwei Tage alt sein.
Die Spuren verliefen sich im Wald. Normalerweise konnte Arnulf Spuren sehr weit verfolgen. Diese hingegen lösten sich einfach auf.
Es war ihm ein Rätsel, das er jetzt jedoch nicht lösen wollte.
Es würde in einigen Wochen Herbst werden, dann würde die Hitze endgültig abziehen.
Er wollte noch vor dem Winter seiner Frau das Jagdschloss zeigen, dass sie dann irgendwann einmal bewohnen sollten. Vielleicht konnten sie sogar schon einige Zimmer bis zum ersten Schnee beheizbar machen.
Diese Gedanken beflügelten seine Fantasie. Wenn er nicht so müde wäre, würde er sofort aufbrechen um sein Werk zu beginnen.
Er kehrte langsam zurück in die Hütte, in der er viele Jahre seines Lebens verbracht hatte und die er nun bald verlassen wollte. Er war etwas überrascht, dass ihn plötzlich Wehmut überfiel.

Printed in Poland
by Amazon Fulfillment
Poland Sp. z o.o., Wrocław

78303346R00073